KB058814

월500을 받아도 사는 보람이 없는
옆집 누나에게 300에 고용돼서
어서와
라고 말하는
일이 즐겁다
IT'S MY WORK THAT I SAY TO HER, "WELCOME"
2
키와도이 쇼리 SHORI KIWADOI
[일러스트] 아사히나 히카게
꼭두서니 색으로 물든 하늘 아래,
핑크색 티셔츠를 입은 여자 아이가
주먹밥 모양의 전병을 먹고 있었다.
다람쥐처럼 오물오물오물오물,
오독오독오독오독 먹고 있었다.
PEACH

욕실 안에서는 스펀지를 삭삭 미는 소리와
미오 씨가 항상 쓰는 샴푸의 향기가 풍겨왔다.
미오 씨가 말하길, 누군가와 서로 등을 밀어주는 걸
한번 해보고 싶었다고 한다.

캠프 하는 날 밤이라고 하면
역시 커피나 코코아에 구운 마시멜로다.

월500을 받아도
사는 보람이 없는
옆집 누나에게
300에 고용돼서
어서와
라고 말하는
일이 즐겁다

CONTENTS

2

[일러스트] 아사히나 히카게

HIKAGE ASAHINA

어서와

*사정상 본문은 엔화를 기준으로 합니다

직업: 가출 소녀

잔금: 142엔

"몰라! 이제 모르겠거든!!"

소녀는 자신의 상태를 보고도 못 본 척을 하고 스마트폰을 한 손에 들고 혼잣말했다.

가출 소녀라고 하면 수많은 소설, 만화, 영화 등에서 다뤄온 소재이며 현실에도 분명 존재한다. 전철 창문으로 시모노세키의 거리를 바라보는 그녀 또한 지금은 어엿한 가출 소녀였다.

"저쪽에 도착하면 오빠한테 재워달라 하고, 그라고……. 아, 오빠가 집에 없으면 우짠다냐……."

'집 없는 고등학생'

'행방불명'

'죽음'

자신의 완벽한 계획 앞에 떠오른 그런 단어들에 일말의 불안감을 느끼면서.

마츠토모 유우카는 동쪽으로 향했다.

제 1 화 '사오토메 씨는 쉴 수 없어

내가 이웃집에 이직하고 2개월 반이 지났다.

"다녀왔, 습니다~?"

8월도 끝날 무렵. 해가 져도 30도를 넘는 더위 속을 걸어 하얀 블라우스를 땀으로 적신 미오 씨는 오늘도 살펴보듯이 문을 열었다. 3개월째에도 이 루틴은 변하지 않을 것 같다.

"네, 어서 오세요."

"다녀왔습니다!"

"어서 오세요. 오늘도 열심히 일했네요."

이웃집에 사는 사오토메 미오 씨에게 '어서 와'라고 말하는 일. 원래는 어디에나 있는 평범한 악덕 상사에 근무했던 나의 현재의 직업이 그것이다.

"오늘 밥은~?"

"유부 된장국과 계란말이, 크로켓, 그리고 매실소면무침이에요."

이 일은 고용계약으로는 '어서 와'만 말하러 오면 되니, 부업이든 뭐든 마음대로 할 수 있다. 하지만 한 달에 30만 엔이라는 임금은 무조건 확실하게 집에 있게 만들기 위해 전업으로 일해주기를 바라는 미오 씨의 의지를 나타낸 것이다. 그걸 알면서 다른 일에 손을 대는 것은 불성실한 일일 것이다. 그렇다고 해서 진짜로 '어서 와'라고 말하기만 하는 것도 내키지 않는데.

그 결과, 이렇게 취사와 세탁 등의 집안일도 처리하고 있다. 물

론 가장 큰 이유는 그게 아니지만.

"옷 갈아입고 올게~."

"네~ 네~."

"도──"

"와주지 않을 겁니다."

"너무 빠른 거 아냐?"

"아무래도 예상되기 시작했어요."

일로 피로가 쌓인 미오 씨는 약간 혼자서는 내버려 둘 수 없는 상태가 되기 때문이다. 역시나라고 해야 할까, 예상대로라고 해야 할까. 이 맨션에 이사 온 뒤부터 나와 만나기까지 2년 동안의 주식은 두부와 샐러드, 청소는 1년에 한두 번 하는 생활을 이어오고 있었다고 한다.

그런데 그런 집 주인이 귀가하기를 똑바로 앉아서 기다리다가 '어서 와'라고 말만 하고 돌아갈 수 있는 남자가 있다면, 그 사람은 아마 심장과 뇌가 무쇠로 되어 있을 것이다.

"계란말이는 5등분 하고."

다 말은 계란말이를 다섯 개로 잘라서 접시에 담아 식탁에 놓고 밥그릇에 하얀 밥을 담으니 마침 핑크색 실내복으로 갈아입은 미오 씨가 얼굴을 내밀었다.

"와~ 냄새 좋…… 윽."

미오 씨가 말을 마치기 전에 익숙한 전자음이 미오 씨의 말을 끊었다. 스마트폰의 착신음, 개인용이 아닌 업무용 전화기의 착신음이었다. 곧 비교적 듣기 어려운 미오 씨의 영업용 목소리가 들려왔다. 지금까지 저녁 시간에 업무 전화가 걸려온 적이 없었던 만큼 이상한 일이었다.

"……마츠토모 씨."

"왜요?"

전자음이 울리는 와중에 이쪽으로 걸어오는 포즈 그대로 굳어 있던 미오 씨는 별로 본 적 없는 진지한 얼굴로 말했다.

"밥이 식을 때까지 몇 분이 걸리지?"

"7분 20초요."

"알았어."

미오 씨는 오른발을 축으로 몸을 돌리다가 중심을 잃고 휘청거리며 스마트폰을 둔 침실로 달려갔다.

"네, 사오토메입니다. 아, 키부네 씨 수고 많으십——"

문이 확 열리고 핑크색 그림자가 튀어나온 것은 슬슬 매실소면 무침이 불지 않을까 걱정되기 시작했을 무렵이었다.

"오래 기다렸지, 마츠토모 씨! 몇 분이야?!"

"딱 7분, 세이프 라인이에요. 이런 시간에 업무 전화라니, 힘들겠어요."

미오 씨가 된장국과 계란말이의 냄새에 감싸인 거실에 먼지를 일으키지 않는 아슬아슬한 속도로 왔다. 검은 머리카락이 관성에 따라 사라락 펼쳐졌다.

"요즘 새로 거래하기 시작한 회사 쪽인데."

"역시 새로운 회사인가요."

"사회인이라면 일이 모든 것에 우선한다고 말하면서 자기가 회사에 있는 동안에는 전화를 걸어와."

점심시간에도 식사 중인 걸 알면서 전화를 걸어오는 사람이었는데, 급기야 귀가 후의 시간까지 침입해온 모양이다.

"그렇다고 해도 저녁 식사 시간에 전화를 거는 건 너무하지 않나요……."

"괜찮아 괜찮아, 대단한 용건도 아니니까!"

대단한 용건도 아니라면 더 민폐가 아니냐고 말하고 싶었지만, 지금은 10초밖에 남지 않은 유예를 죽이지 않는 것이 선결과제다. 반쯤 슬라이딩을 하며 착석한 미오 씨와 함께 합장했다.

"잘 먹겠습니다."

"잘 먹겠습니~…… 계란말이 안에 있는 이건, 명란젓?"

"거기까지 말했으면 '다'까지 말합시다."

"다."

"버릇없이 행동하지 마세요."

"잘 먹겠습니다."

"잘했어요."

미오 씨는 겨우 손을 댈 수 있게 된 된장국을 후루룩, 한 입 먹고 후~, 하고 한숨 돌렸다. 현관에서 신발을 벗고, 옷을 갈아입고, 그리고 이 된장국을 먹는 것으로 가까스로 일상 모드로 바뀐다고 항상 말하니 분명 중요한 습관일 것이다.

"맛있어."

"그거 다행이네요."

집에 돌아온 미오 씨와 이렇게 식탁에 둘러앉는 생활이 시작된 지 2개월 반이 지났다. 다시 말해서 누군가와 함께 저녁을 먹는다는 것이 이렇게나 좋은 것이라는 걸 깨닫게 된 지 벌써 2개월 반이 지났다. 그뿐만이라고는 생각할 수 없을 정도로 많은 일이 일어났지만, 7월 말의 바다 여행이 끝나고 3주 정도는 이렇게 평온한 나날이 이어지고 있었다.

"그리고 계란말이 말인데요, 이건 명란젓을 넣은 계란말이에요. 명태의 알을 양념에 절인 명란젓이에요."

"맛있네, 명란젓."

"후쿠오카에서 사 온 거예요."

내 출신지는 큐슈의 왼쪽 위쪽, 후쿠오카현 이토시마시. 사가현과의 경계에 위치한 시로 명물은 알이 큰 딸기와 원구방루*. 700년쯤 전에 몽골군이 침공해왔을 때, 세이버이자 랜서이자 아처이자 라이더이자 버서커로 알려진 가마쿠라 무사가 적의 상륙을 저지하고 살육한 곳이라고 말하면 내가 하고자 하는 말이 전

---

*가마쿠라 시대에 큐슈 북부 지역의 하카타 만 연안 일대에 축조했던 석축 방루다. 몽골의 침략을 대비해 쌓은 것이다

해질까. 엄밀하게 따지면 방루가 있는 해안은 후쿠오카시지만, 시 경계 바로 근처에 있어서 이토시마 관광 정보에도 잘 실리니 그 점은 봐줬으면 한다.

바다는 아름답고 밥도 맛있지만, 요코하마시 근교에서 태어나고 자란 미오 씨와의 도시 지수 차이는 완전히 부정할 수 없는 그런 땅이다.

"후쿠오카에서는 이렇게 먹는구나?"

"이렇게 명란젓을 넣어서 만든 계란말이가 괜찮은 요리죠. 술집에서 가장 싼 코스가 아닌 다른 코스를 시키면 자주 나와요."

싼 코스라면 일반적인 계란말이에 명란젓 마요네즈가 뿌려진 것이 나오기도 하는데 그건 그거대로 맛있다.

일단 넣으면 실패하지 않는다. 그것이 명란젓이다.

"일단 맛있네."

"일단 다행이네요."

다행히 입에 맞았는지 미오 씨는 다섯 개로 자른 계란말이를 입으로 휙휙 가져갔다.

특히 오늘 만든 '계란말이' 같은 요리는 취향이 천차만별이라 먹는 사람의 반응이 신경 쓰이는 요리다. 이건 개인적인 의견인데 흔히들 말하는 '가정의 맛', '어머니의 맛'이 현저하게 드러나는 요리를 세 가지 들자면 된장국, 단호박 찜, 그리고 계란말이라고 생각한다.

"이게 마츠토모 씨네 집의 맛이야?"

"안타깝게도 제가 아는 한에서는 마츠토모 가에서 이렇게 사치스러운 계란말이가 나온 적은 없어요."

"그렇구나?"

"미오 씨네 집은 어때요? 졸업앨범에도 계란말이를 먹는 사진이 있었잖아요."

"우리 집은…… 그러니까."

바로 대답할 줄 알았는데 미오 씨는 천장을 보면서 골똘히 생각하고 있었다. 한동안 본가에 돌아가지 않았기 때문일까.

"아, 그래그래 유바! 유바가 들어 있었어!"

미오 씨는 유바라는 말이 좀처럼 안 나와서, 라고 말하며 볼을 긁적였다.

"유바요? 된장국 등에 쓴 적은 있지만, 계란말이에 넣는 건 생소하네요."

"항상 넣는 건 아니었지만, 소풍 가거나 운동회를 할 때는 넣어줬어~. 어머니가 바뀌고 나서는 나도 본 적 없을지도."

"예? 바뀌었다니요?"

"우리 집, 지금 어머니가 두 번째 어머니야."

"그랬군요. ……이전 어머니는 간을 어떻게 맞췄나요?"

"달지 않게 했던 것 같아. 마츠토모 씨가 항상 만들어주는 계란말이랑 비슷할지도."

미오 씨의 집에서 만드는 계란말이는 미오 씨의 취향을 물어보면서 조금씩 조절해온 것이다. 아마 미오 씨 안에 있는 이상적인 형태가 어머니의 맛일 것이다.

"다음에 만들어볼까요. 맛까지 완전히 재현할 수 있을지는 모르겠지만."

"아무리 그래도 사진만 보고 맛을 재현하긴 어렵지 않을까?"

"가능성이 전혀 없지는 않아요."

"오오~."

그리고 화제는 차차 오늘 있었던 일로 옮겨갔다. 그렇다고 해도 미오 씨가 일하면서 일어난 일을 이야기하면 내가 듣는 게 보통이다.

"응, 요즘은 순조로워~. 평소에는 캐시 플로를 돌리기 위해서 별로 좋지 않은 안건도 안고 가기도 하지만 말이야, 지금은 그런 것 없이 수익이 큰 프로젝트만 돌리고 있어~."

비밀유지 의무가 있는 미오 씨는 일의 내용에 대해서는 자세히 이야기하지 않고 나도 물어보지 않는다. 그래서 이렇게 두루뭉술하게 대화할 수밖에 없지만, 일이 잘되고 있는 건 확실한 것 같으니 일단 안심이다.

"뭐, 매번 일이 이전처럼 진행되면 몸이 못 버티니까요."

"그렇지……."

"츠치야는 계속 바쁜 것 같아요."

나의 옛 보금자리인 상사와 모 대기업 사이에 일어난 거래상의 트러블. 그 사이에 마케터로 들어가 있던 미오 씨와 나의 전 동기인 츠치야, 후배인 무라사키가 말려든 사건이 일어난 지 벌써 한 달 이상 지났다.

그 일이 정리된 뒤부터는 넷이서 바다에 가거나 오봉(^양력 8월 15일에 조상의 영을 기리는 일본의 명절.) 연휴도 끼워서 쉬는 등, 알찬 여름을 보내고 있다.

"많은 일이 있었네요~ 이번 여름은."

"많은 일…… 응."

많은 일이라는 표현에 미오 씨의 눈빛이 아련해졌다.

미오 씨의 오봉 연휴는 5일. 앞뒤로는 주말이 있고, 거기에 회사에서는 연차를 하루 앞당겨서 받는 걸 권장하고 있다. 여름을 제대로 만끽할 수 있는 10일 연휴다.

나도 미오 씨에게 맞춰서 일하는 입장이니 똑같이 10일 연휴라는 경이적이기까지 한 자유 시간을 얻었다. 작년까지 있었던 회사는 여름휴가가 하루였으니 말 그대로 차원이 다르다.

나는 어떻게 지냈냐 하면, 작년에는 못 했던 귀성을 하여 나흘 동안 고향인 후쿠오카에서 지내고 왔다. 이것도 미오 씨네 집에 이직했기에 가능한 일이었다.

"재밌었겠네, 후쿠오카……."

"아, 네, 오랜만에 가족도 만났고요. 동생한테는 '언젠가 놀러 오면 재워줄게'라고 말해뒀으니, 어쩌면 겨울방학에 올지도 몰라요. 그때 소개해드릴게요."

문제는 도쿄에서 상사맨이 됐을 터인 오빠가 옆집 누나에게 '어서 와'라고 말하는 일터로 영전했다는 사실을 어떻게 설명하느냐, 인데……. 사실은 아직 집에도 제대로 이야기하지 않았으니 어떻게 말할지를 그전까지 생각해둬야만 한다.

그보다.

"정말 기대된다……."

"아하하……."

무겁다. 공기가 무거워.

"나도 재밌었어, 마츠토모 씨가 귀성 중에 지낸 오봉 연휴……."

"저기, 뭐 했다고 했었죠……?"

"첫째 날은 고양이 동영상을 보고."

"네."

"둘째 날은 개 동영상을 보고."

"네."

"아, 마츠토모 씨를 닮은 시바견을 찾았어."

"보고 싶기도 하고 안 보고 싶기도 한데."

"그리고 셋째 날에는 대물 라이플로 스마트폰이나 게임기를 파괴하는 동영상을 보고."

"여기서 노선변경이……."

"넷째 날에는 난로가 피워져 있는 스웨덴 동영상을 보고 있으니까 마츠토모 씨가 돌아왔어."

미오 씨는 나를 제외하면 내가 계기가 되어 알게 된 츠치야와 무라사키 이외에는 친구라 부를만한 사람이 없는데, 정작 츠치야와 무라사키는 여름휴가가 빨리 끝나서 오봉에도 일을 나갔다.

나는 앞에서 말한 대로 귀성 중인 상태였고.

즉, 미오 씨가 누군가와 만나거나 놀 기회가 없었다.

처음에는 미오 씨에게도 혼자서 느긋하게 지낼 시간이 필요하지 않을까 하고 생각했는데, 후쿠오카에서 선물로 사 온 버터만쥬를 미오 씨에게 주러 왔을 때, 비로소 미오 씨가 상상 이상으로 외톨이라는 것을 깨달았다.

설마 그냥 집에서 동영상이나 계속 보고 있었을 줄이야.

“빈 페트병이 늘어선 거실에서 모닥불 영상을 보는 모습을 봤을 때는, 무슨 소환 의식인가? 하고 생각했다니까요.”

인형으로 자신을 둘러싼 마녀의 집회라면 전에도 하는 걸 본 적이 있지만, 이번에는 어느 쪽인가 하면 주술용 도구와 종이 인형이 흩어져 있는 주술의 현장에 가까웠다는 느낌이 들었다. 거기에 가지고 간 선물인 만쥬가 또 공물 같아서 놀라운 우연의 일치.

“알찬 여름휴가, 였어…….”

눈빛이 더 아련해졌다.

“……참고로 물어보는 건데요, 미오 씨.”

“응~?”

“연말연시에는 어떻게 하겠다거나 하는 생각 있어요?”

“마츠토모 씨, 그거 알아? 군소의 알은 말이야, 라멘 같아.”

“네?”

연체동물문 복족강 후새아강 군소목 군소과 군소족 군소. 혼슈에서 큐슈에 걸친 해안과 하구 근처에 서식하는 연체동물로 외적에게 공격받으면 보라색 먹물 같은 것을 등으로 분출하는 것이 특징. 위급 상황에 몸 안에서 군청색과 보라색 색소를 뿜어 자신의 몸을 보호하는 것에서 이름이 유래했다나 뭐라나.

그런데 왜 갑자기 그 이야기를?

"그게 진미래."

"그런가요."

"응."

"그래서 연말연시는요?"

"마츠토모 씨, 그거 알아? 베텔기우스는 곧 사라질지도 모른데."

"베텔기우스……."

오리온자리 α성 베텔기우스. 겨울 밤하늘에 뜨는 영웅 오리온의 오른쪽 어깨에 위치한 반규칙 변광성으로 최근 데이터에 의하면 빛의 감쇠가 전보다 심해졌으며, 일부는 거대항성의 최후인 초신성폭발의 전조일지도 모른다고 추측 중이라고 한다.

그런데 왜 갑자기 그 이야기를?

"미오 씨."

"마츠토모 씨, 그거 알아?"

"연말연시의 예정이 전혀 없군요?"

"없어……."

이 정도는 감출 일도 아닐 텐데 말이지.

미오 씨는 솔직한 편이지만, 이따금 이상한 허세를 부리려고 하니 알 수가 없다.

“뭐, 지금부터라도 생각하면 되죠. 저도 고향에 다녀온다고 정해 놓은 건 아니라고요. 음, 같이 해돋이라도 보러 갈래요?”
“그건 안 돼.”
거절당했다.
“왜요?”
“연말연시의 휴일은 정말로 불가피할 때가 아니면 휴일 출근을 금한다고 규칙으로 정해져 있어!”
“으에…….”
미오 씨가 말하길, 회사에서 내준 오봉 연휴는 3일이고, 남은 이틀은 모든 사원이 일제히 휴가를 받은 거라고 한다.
내가 어둑어둑한 방 안에서 허무한 눈으로 컴퓨터 화면을 바라보는 미오 씨에게 저녁밥을 만들어준 것이 여름휴가 넷째 날. 연차취득일을 뒤로 미뤘을 뿐이니 취업규칙에 비추어 보아도 아슬아슬하게 세이프였다.
“즉, 연말연시 휴가 때는 그런 걸 할 수 없어……!”
왜냐하면 규칙이 그러니까. 지극히 단순하면서 어려운 이유다.
“그럼…… 아니에요.”
그럼 업무가 아니라 이웃집 사람으로서, 라고 말하려다가 말을 삼켰다.
미오 씨와 나는 고용인과 피고용인의 관계이며, 다소 특수할 뿐이지 엄연히 규칙이 존재한다. 어떤 이유든 간에 규칙을 무시하고 출근을 허락한다면, 미오 씨에게는 반대로 일을 내팽개치는 것 또한 허락한다는 의미가 되는 거다. 미오 씨는 밤에 혼자 있을 때 그렇게 되는 미래를 생각하지 않을 수 있을 정도로 요령이 좋지 않다.

즉, 그녀에게 있어서 더 가까이 다가가려 하지 않는다는 것은 더 멀어지지 않는다는 것과 똑같은 뜻이다.

"미오 씨는 귀성 안 해요? 귀성이라 해도 전철로 1시간 조금 넘는 거리지만."

"별로……."

아까 어머니가 바뀌었다는 이야기를 처음 들었던 것처럼, 미오 씨의 가정 사정은 나도 자세히 듣지 못했다. 그저 사이가 썩 좋은 편은 아니고, 최근에는 돌아갈 때마다 친척 일동이 결혼을 재촉해서 내키지 않는다는 말을 전에 들었을 뿐이다.

"음~, 그럼 평소에는 연말연시에 어떻게 지냈어요?"

어쩐지 예상이 됐지만 일단 물어봤다.

"개나 고양이 동영상을 보거나……."

"똑같네요."

"사두고 그대로 둔 책을 읽거나……."

"장하네요."

"맡은 안건을 분석하거나……."

"정말 장하네요."

"그렇게 정초의 3일이 끝날 때까지 조용히 있었어."

"엄청 장하네요."

장기 휴가는 혹독한 시기를 극복하기 위해 휴식을 취하라는 의미가 있다. 더구나 미오 씨는 실내파인데다, 여름은 덥고 겨울은 추우니, 딱히 볼일도 없이 밖을 돌아다니지는 않을 거다. 뭐, 집에 있고 싶은 심정은 나도 이해하지만, 아무리 그래도 그 종말 세계 같은 방에서 10일 동안이나 박혀있는 건 좀…….

"아~……. 연말에는 미오 씨도 같이 후쿠오카에 갈래요? 한 번 해본 소리예요."

"아하하……."

"……아하하."

힘이 없다. 미오 씨의 목소리에 힘이 없어. 절망에 꺾인 표정을 짓지 않았으면 한다.

"뭐, 아직 시간은 있으니까요. 이래저래 생각해봐요."

"그렇네……."

"아니면 당장 이번 여름이라도 괜찮고요. 뭐, 여행은 어렵겠지만, 당일치기로 맛있는 것을 먹으러 가거나 하는 것도 괜찮지 않아요?"

일단 밝은 화제로 최근 이야기를 꺼냈다. 먹을 것을 화제로 선택한 것이 효과가 있었는지 동결될 뻔한 미오 씨의 몸이 살짝 움직였다.

"맛있는 거?"

"예를 들면 이바라키 같은 곳이요. 돈가스의 격전지라고 들었어요."

무라사키가 이바라키의 츠쿠바시 출신이었을 것이다. 이바라키현 안에는 해산물로 유명한 '오오아라이정'도 있으니 당일치기로 츠쿠바와 오오아라이에 가 관광 안내를 받는 것도 좋을지도 모른다. 같은 현이라면 하루 만에 돌 수 있을 테니까.

"그것도 좋지만, 나는 그보다 다 같이 영화를 보고 싶어."

"영화요? 영화관은 그냥 주말에도 갈 수 있지 않나요?"

"아니, 그런 거 말고 블루레이."

미오 씨가 그렇게 말하면서, 어떻게 장치를 해뒀는지 테이블 아래에서 파란 테두리를 두른 익숙한 블루레이 디스크 패키지를 꺼냈다.

"'전기의 아이'?"

"아마도 잡아 찢는 계열의 사이코 호러일 거야."

소리 내어 읽고 싶다.

"설마…… 저번에 '그 부장님'이 준 건가요."

"지난번에 트러블을 해결한 뒤로 더 친절히 대해주시더라. 마음은 고맙지만……."

미오 씨는 그렇게 말하면서 패키지가 시야에 들어오지 않도록 테이블 아래로 돌려놨다.

'그 부장님'이라는 사람은 미오 씨의 거래처 담당자로, 미오 씨를 총애하며 추천 영화를 자주 빌려주는 분이다. 나도 부장님이 추천하는 영화를 두 편 정도 봤는데, 둘 다 숨겨진 명작이었다. 다만 그 추천 영화의 장르가 호러나 스플래터였을 때는 숨겨진 명작이라는 칭호에 걸맞은 충격을 받는다.

"…………."

"…………."

"그 부장님이라는 사람은 츠치야네 거래처에도 있었죠? 그쪽 경과는 어때요?"

"엄청 좋은 느낌이려나!"

"그거 다행이네요."

난 맨 처음 주제였던 일 이야기로 화제를 돌렸다.

"아, 방금 이야기로 떠올렸는데."

"무슨 일 있었나요?"

"저번 트러블은 말을 주고받는 데서 문제가 생긴 거잖아?"

"츠치야네 회사의 사장이 아무 말이나 늘어놓아서 일을 저질렀죠."

"그래서 우리 회사가 NDA(기밀유지 협약) 관련 법무로 신세를 지고 있는 변호사 사무소에 부탁해서 업무제휴 초기 단계부터 책임 소재 등을 확실히 합시다——라고 중개를……."

"그렇구나~."

말투나 표정은 어린데 말은 어려운 단어들을 골라 쓰니 무언가 뒤죽박죽이었지만, 어쨌든 두서없이 화제를 바꾸어 갔다.

"아, 미안. 이 이야기 재미없지. 상어 이야기 같은 게 좋아?"

"아뇨, 회사를 그만둔 뒤라서 오히려 신선해요."

언제까지인지는 모르겠지만, 분명 한동안은 이렇게 둘의 나날이 이어질 것이다.

적어도 나는 그렇게 생각하고 있었고, 아마 미오 씨도 그렇게 생각했을 것이다.

"고, 고마워……. 어라?"

이야기하는 도중에 다시 착신음.

"또 그 사람일까요."

"아마도……. 잠깐 받고 올게."

받지 않아도 괜찮지 않냐는 말이 입에서 튀어나올 뻔했지만, 난 미오 씨의 일에는 참견하지 않기로 했다. 다른 사람의 업무 영역은 결코 함부로 침범해서는 안 된다.

어깨너머로 키부네 씨라는 이름이 얼핏 들려왔다. 이렇게 눈치 없이 끼어드는 사람이 있는 것도 세상의 이치일까.

"된장국만이라도 따뜻하게 해둘까."

냄비를 불에 올리면서 저녁 시간의 난입자에 골치를 썩이고 있던 이때의 나는 더욱 존재감이 있는 침입자가 올 것이라고는 털끝만큼도 상상하지 못했다.

——날았다.

그 여자아이는 내 눈앞에서 작은 체구에 어울리지 않는 도약력을 보여줬다. 앉아있던 의자를 쓰러뜨리지 않는 발 구름, 허공에 그리는 포물선. 그야말로 고양이처럼 소리도 없이 플로어링에 착지하자마자 곧바로 달려 나갔다. 마츠토모 씨 옆을 바람처럼 빠져나가 순식간에 복도로 사라졌다.

"빨라……!"

예상외, 상정 외, 계획 외.

내 머리는 그런 행동과 움직임을 따라가지 못했다. 그저 당황한 나에게 마츠토모 씨는 조용히 말했다.

"잠깐 갔다 올게요."

왜 이렇게 되었는가.

이야기는 내가 평소보다 이른 시간에 귀가했을 때까지 거슬러 올라간다.

◆◆◆

"이 시간에는 낮이랑 큰 차이 없이 덥네……. 이런 더위 속에서 모레 있는 시로가네 씨와의 미팅, 신주쿠까지 가서 버틸 수 있을까……."

요즘 자주 만나게 된 여성 변호사의 얼굴을 떠올리면서 낮부터 남아있는 아스팔트의 열기에 스미는 땀을 손수건으로 닦았다. 오늘은 일이 빨리 정리되었기에, 오늘 밤 중에 어딘가에서 올라오는 데이터는 내일 아침에 체크하기로 하고 나는 빠르게 자율 퇴근해서 자택인 맨션으로 향했다.

"일부러 집에 있는 시간을 늘리다니, 옛날 같았으면 절대로 안 했겠지……."

마츠토모 씨는 마침 장을 보러 나간 것 같으니, 돌아올 때까지 다른 곳에서 시간을 보낼까? 하는 생각을 하면서도 갈 곳도 생각나지 않아 맨션 입구 근처까지 왔을 때, 조금 예상 밖의 사람이 눈에 들어왔다.

"으응……?"

꼭두서니 색으로 물든 하늘 아래, 핑크색 티셔츠를 입은 여자아이가 주먹밥 모양의 전병을 먹고 있었다. 다람쥐처럼 오물오물 오물오물, 오독오독오독오독 먹고 있었다.

"무슨 상황이지……?"

대체 다람쥐가 어떤 인생을 살아와야 맨션 앞에서 전병을 계속해서 먹는 상황이 만들어지는 걸까. 나는 그것을 알 수 없지만, 한여름의 더위 속에서 물 없이 먹는 건 고행의 영역이 아닐까.

"……좋아."

들이쉬고, 내쉬고, 크게 들이쉬고, 크게 내쉰다.

마츠토모 씨에게 배운 마음을 진정시키는 방법이다. 나는 그와 만난 날을 떠올리며 심박수가 충분히 내려갔을 때 여자아이에게 다가갔다.

"무슨 일이야? 뭐 곤란한 일이라도 있어?"

예전의 나였다면 멀리서 보기만 하고 말을 걸지는 못했을 것이다. 기껏해야 10만 엔을 슬며시 떨어뜨리고 이 아이가 주웠을 때 답례인 1할을 주고 '이걸로 커피라도'라고 말하며 떠났을 것이다.

하지만 마츠토모 씨와 츠치야 씨, 키란을 만나면서 나도 성장했다. 모두가 나에게 해준 것처럼 나도 곤경에 처한 사람에게 손을 내밀어줄 수 있는 사람이 되어야 한다.

"아뇨, 거 사람 쫌 기다리고 있을 뿐이니께 걱정 마셔요!"

의외로 망설임 없이 대답이 똑바로 돌아왔다. 말투가 츠치야 씨와 비슷한데, 큐슈에서 온 걸까?

"그렇구나, 약속하고 기다리는 거야?"

"아~……, 그짝 사람은 제가 오는 걸 모를 거예요."

"연락해보긴 했어?"

"스마트폰 빠떼리가 다 돼서……. 여그서 돌아올 때까지 기다리고 있어요."

"앉을 곳도 없는데 힘들잖아. 괜찮으면 우리 집에 올래? 차가운 마실 것 정도는 줄 수 있으니까."

"참말로 괜찮데요?!"

그녀도 여기에 서서 기다리는 건 본의가 아니었던 것 같다.

희희낙락하며 따라온 여자아이를 집에 들이고는, '일단 이름을 물어봐야지'라고 생각하면서 보리차를 컵에 따르다가 문득 이 상황의 문제를 깨달았다.

"나 엄청난 짓을 저질러버린 게 아닐까……."

옷이나 얼굴을 보면 초등학생, 아니, 대답은 똑바로 했으니까 중학생일지도 모르지만, 아무튼 신원도 제대로 확인하지 않고 오토록을 통과시키고 말았다. 사람을 도와야 한다고 너무 의욕을 낸 나머지 그런 것조차 잊어버리고 있었다니.

게다가 미성년자에게 말을 걸어 집에 들이다니, 이건 흔히들 말하는 '사건'이 아닌가…….

"잘 먹었습니다~."

일말의 불안감을 안고 보리차가 든 컵을 쟁반에 담아 돌아가니, 먼저 내놓은 카스텔라 접시가 벌써 비어있었다. 입구에서도 전병을 먹고 있었으니, 어지간히 배가 고팠던 모양이다.

"그, 그러니까 아가씨?"

"네!"

좋은 대답이다. 역시 이런 아이가 악의를 가지고 다른 사람의 집에 침입할 거라는 생각은 안 든다.

그래도 만약을 위해, 혹시 모르니까 확인해두자.

"오늘은 무엇을 하러 이 맨션에?"

"돈 때문에요!"

"그래, 돈 때문이라면 어쩔 수 없지…… 돈?!"

"목돈이 쪼까 필요해서."

"목돈?!"
"네!"
"맨션에서, 돈을 말이지?"
이건 아웃이다. 구체적으로 말하자면 미성년자 유괴와 범죄 방조로 투 아웃이다. 수수한 나름대로 성실하게 살아온 인생, 28세에 이르러 기어코 저지르고 말았다. 사람을 기다린다고 했으니 빈집털이는 아닐 테고, 강도나 사기인가. 아니, 어쩌면 누군가를 기다린다는 말 자체가 나처럼 어리석은 사람을 속이는 방편이었을지도 모른다.
아니, 잠깐만 미오. 우선은 나보다 그녀에 대해 생각해야 한다.
아직 몇 마디 나누지 않았지만, 지금까지의 인상은 예의 바르고 순진한 여자아이였다. 그런데 그런 그녀가 인간으로서 걸어야 할 길에서 벗어나려 하고 있다.
그렇다, 내 눈앞에서 한 명의 청소년이 인생에서 지울 수 없는 상처를 입을 위기에 놓인 것이다.
막자. 내가 막아보자. 이걸 막지 않으면 뭐가 어른이냐.
"있잖아, 돈은 필요한 거야. 하지만 이 세상에는 더 소중한 것이 있어."
"네! ……네?"
"누군가와 함께 따뜻한 밥을 먹을 수 있다는 것. 따뜻한 집에 '다녀왔습니다' 하고 말할 수 있다는 것. 그것이 얼마나 소중한 것인지 가르쳐준 사람이 있었기에 나도 기계 같은 생활에서 빠져나올 수 있었어."

"그렇군요?"

"그러니 너도 부디……."

돈 때문에 인생을 헛되이 하는 짓은 그만뒀으면 좋겠다. 그렇게 말하려고 했을 때, 내 뒤쪽에 있는 현관으로 가는 문이 열렸다.

"오래 기다렸죠~. 현관에 못 보던 신발이 있었는데 손님인가요? 별일이네요."

마츠토모 씨가 장을 보고 돌아온 모양이다. 손에는 에코백과 예비용 접이식 장바구니가 들려 있었고, 안에 있는 폰즈(^일본식 초간장)와 칫솔이 어렴풋이 비쳐 보였다. 웬만하면 1분 정도 늦게 내 대사가 끝난 뒤에 등장해도 괜찮았을 것 같은데. 이건 이거대로 괜찮다. 마츠토모 씨한테도 말 좀 해달라고 하자.

"그래. 사실은 이 애가……."

"아, 오빠!"

"오빠?"

"오빠?"

오빠?

나를 사이에 두고 마츠토모 씨와 여자아이가 말없이 서로를 바라봤다. 그러고 보니 확실히 눈가 같은 곳이 닮은 것 같기도 하고.

"오빠."

"뭐야."

"오빠네 집은 어데였지?"

"605호실이 내 집."
"여는?"
"이웃집인 603호실, 사오토메 씨네 집."
"방 틀렸잖여."
"진짜네."
"디지게 웃기네."
"하하하."
어딘가 비슷한 동작으로 한바탕 웃은 뒤.
"!!"

날았다.

"큭?!"
갑작스러운 움직임에 마츠토모 씨의 몸이 굳었다.
그녀는 그 틈을 찌르듯이 의자에서 튀어 올라 뛰쳐나갔다. 도약부터 착지, 재가속까지 걸린 시간은 눈 깜짝할 사이. 인간에게는 중력이 충분할 정도 이상으로 '무거워'야 하는데 그녀에게는 도약해서 바닥에 닿을 때까지의 낙하 속도가 부족했다. '너무 가벼웠다'.
그런 중력마저 떨쳐내는 속도로 향하는 곳은 복도. 그 사이에는 마츠토모 씨가 있었지만, 핑크색 그림자는 장바구니를 들고 있는 왼손 쪽을 교묘하게 빠져나갔다. 봉투 속에는 폰즈가 든 유리병이 있어서 떨어뜨리지도 못해 마츠토모 씨는 여자아이를 잡을 수 없다.

"차 잘 마셨습니다~!"

감사 인사를 하면서 유리가 달린 문을 빠르게 열어 복도로. 문을 재빠르게 닫아…… 아니, 유리를 신경 써서 살짝 닫았다. 몇 초 지나지도 않았는데 이번에는 현관문이 열리는 소리가 났다.

"여전히 날렵하네……. 전생에 다람쥐 같은 동물이었나?"

"어, 어? 무슨 소리야?"

머리가 따라가지 못했다. 저 여자아이가 마츠토모 씨의 여동생이고, 오봉 연휴 이후로 재회했나 싶었더니 어딘가로 도망쳤다. 왜지.

"도망친 이유라면, 뭐 동생의 생각이니까 예상은 가요."

"남매간에 사이가 안 좋다던가……?"

가장 그럴듯한 이유를 말해봤다.

"아뇨."

마츠토모 씨는 고개를 저었다.

"모르는 사람을 따라가지 않겠다는 약속을 깼기 때문이죠."

"모르는 사람을 따라가지 않는다……."

"중요하죠."

"중요하지."

모르는 사람, 즉 나를 따라온 것이 잘못이었다. 당부를 어겨 혼나는 게 무서워서 도망쳤다. 그런 것 같다.

PEACH

"저래도 사람을 보는 눈은 있어서 정말로 위험한 사람은 안 따라갈 테지만, 그건 그거고 이건 이거예요."

저렇게 전력으로 도망치는 걸 보니 마츠토모 씨는 의외로 동생에게 엄격할지도 모르겠다. 그러는 사이에 마츠토모 씨는 장바구니에서 요구르트와 냉동 믹스 채소를 꺼내 냉장고에 넣었다.

"미안해요. 잠깐 갔다 올게요."

"아, 응, 갔다 와."

마츠토모 씨는 근무 시간이니 외출 허가를 받고 현관으로 갔다. 맨션 복도로 나간 그를 쫓아 나도 나가봤는데, 도망친 작은 등은 더 이상 어디에도 보이지 않았다. 해 질 녘의 바람과 멀리서 들리는 매미 소리만이 있을 뿐이었다.

"어디 보자."

마츠토모 씨도 좌우를 확인하고 그녀의 모습이 없는 것을 확인하고 있었다. 맨션에서 도망친다면 아래로 내려갔을 것이다. 지나갈만한 경로는 크게 둘.

"내려간다면 엘리베이터나 계단이겠지. 같이 올라올 때는 엘리베이터를 썼는데……."

문에서 나와 왼편으로 가면 엘리베이터, 오른편으로 가면 비상계단이다.

처음 이 맨션에 온 그녀가 엘리베이터와는 반대편에 있는 계단을 쓸 것이라 보기는 어렵다.

"하지만 쫓아가려면 계단으로 가야겠지."

엘리베이터로 도망친 사람을 엘리베이터로 쫓아도 따라잡을 수 없다. 그렇다면 계단으로 쫓아가는 편이 승산이 있다.

"근데 사람은 망설일 때 왼쪽을 고르기 쉽다는 말을 들은 적이 있어. 동생이 그 의표를 찔러서 오른쪽에 있는 계단으로 갔을 가능성도……."

"가야 할 방향은 정해져 있어요."

"그, 그래?"

내가 생각하는 사이에 마츠토모 씨는 이미 목표를 정한 듯했다.

오른쪽이냐, 왼쪽이냐. 계단이냐, 엘리베이터냐.

"뒤에요."

"……어?"

마츠토모 씨는 그렇게 말하자마자 뒤로 돌아 현관문을 열었다. 찰칵하는 귀에 익은 소리가 나고 실내의 냉기가 흘러나왔다.

"아."

"아."

눈이 딱 맞아 똑같은 목소리가 나왔다. 현관문을 연 그 너머에는, 욕실에 숨어있었는지 여동생분이 미닫이문에서 나온 포즈 그대로 굳어있었다.

"다녀왔습니다."

마츠토모 씨가 이런 저음을 내는 건 처음 들었다.

"어, 어서 와 오빠. 오늘도 일 수고했어~?"

"마츠토모 씨, 이게 무슨……."

"초보적인 거예요. 동생 입장에서 여긴 처음 온 동네이니 짐을 그대로 두고 뛰쳐나가봤자 갈 곳도 없어요. 현관문만 열었다 닫아서 밖으로 나간 척을 하고, 우리가 당황해서 내려갈 때를 가늠해서 짐과 함께 다시 탈출. 그게 최선책이죠."

마츠토모 씨의 해설에 욕실에서 나온 그대로 굳어있던 여동생분은 오른손 엄지를 세웠다.

"정답입니다☆"

도주극, 종료.

"말했죠? 동생의 생각이라면 대충 예상이 된다고."

"바로 간파한 마츠토모 씨도 대단하지만, 그 순간에 그런 생각을 떠올리는 동생 분도 대단한데……."

마츠토모 씨와는 몇 번인가 게임을, 특히 우노를 한 적이 있다. 규칙도 인원도 매번 달랐지만, 마츠토모 씨는 항상 상위권이었다. 순간의 판단력과 상대의 심리를 꿰뚫는 계략의 힘이나 그런 것을 가지고 있기 때문이라 생각한다.

그리고 한편, '모르는 사람의 집에서 과자를 먹고 있었더니 뜻밖에 오빠가 등장. 혼날 것 같아서 반사적으로 도망쳤다'는 상황 속에서 여동생분은 그 자리에서 사람의 의표를 지르는 작전을 짜냈고.

"남매는 닮는구나……."

"그런가요?"

"그런가요?"

똑같은 반응이 동시에 돌아왔다.

"아무튼 잡았으니까 이 질문부터 해야겠다. 너 왜 여기에 있냐?!"

마츠토모 씨는 그렇게 말하면서 현관에서 올라와 여자애에게 성큼성큼 다가갔다.

"말하자면 길어지는데요."

"말해봐."

"할아버지랑 싸웠어!"

길지 않았다. 한 문장으로 끝났다. 한마디로 말하자면 가출이라는 것이다.

"그렇구나, 이해했어."

"……그 진의는?"

"왜 가출해서 후쿠오카에서 도쿄까지 온 거냐, 유우카!!"

마츠토모 유우카.

그게 그녀의 이름인 듯했다.

"유우카, 아직 질문이 몇 개 더 있어."

"예."

"묵비권은 없어."

현관을 틀어막고 있으니 아무리 봐도 도망칠 방법이 없는 유우카는 얌전히 거실로 돌아와 테이블에 앉았다. 지금은 마츠토모 씨의 취조를 받는 중이다.

"근디 내가 먼저 하나만 물어봐도 되야?"

"허가한다."

"저 사람, 와 저래 멀리 있디야?"

유우카가 보내는 시선을 여우 인형(후우짱)으로 막았다. 방구석에 놓인 의자, 나와 함께 사는 네 인형이 놓인 자리에서 나는 다섯 번째 인형이 되려 하고 있었다.

"난 신경 쓰지 마……. 방해는 안 되게 할 테니까, 남매끼리 오붓하게……."

"방해고 뭐고, 이 집의 주인은 미오 씨인데요."

"그만해……. 지레짐작과 선입견으로 그럴듯한 대사를 날린 날 보지 마……."

목돈이 필요하다고 하니까 나는 분명 강도나 사기라도 치려고 하는 줄 알았는데. 뚜껑을 열어보니 그렇지 않았다. 오빠에게 신세를 지러 왔다, 그뿐인 이야기였다.

도주극이 벌어져 자연스럽게 흘러갔지만 떠올렸더니 부끄러워지기 시작했다. 정말 쥐구멍이라도 있으면 들어가고 싶고 없으면 파서 들어가고 싶다.

"그럴듯한 대사?"

"아하, 아까 언니가 말한 거? 밥을 묵고 싶으서 어쩌고 저쩌고."

"뭔가 다르지만 그렇게 했다고 쳐도 될까……."

"밥……?"

마츠토모 씨가 고개를 갸웃거리고 있다. 그 이야기를 다시 꺼내면 나도 괴로우니, 지금은 본론을 먼저 진행하기로 했다.

"음, 그러니까 그 애는 여동생? 마츠토모 씨의?"

아무래도 방구석에서 반대편 구석에 있는 사람과 대화하기는 어려우니, 나는 부끄러워하면서 테이블로 돌아가면서 물었다. 평소에는 나와 마츠토모 씨 둘이서 쓰는 4인용 목제 테이블에서는 조금 신기하게도 세 개의 아이스티가 땀을 흘리고 있었다.

"네, 막내 여동생인 유우카예요……. 자, 인사해야지."

"마츠토모 유우카입니다! 항상 오빠가 신세 지고 있습니다!"

"아냐 아냐, 나야말로……."

힘차게 머리를 숙이니 검은 머리카락이 공중에 사라락 펼쳐졌다. 각별하게 고상하거나 자라난 환경이 좋을 것 같거나 하지는 않았지만, 말투나 예의범절이 바른 것을 보니 마츠토모 씨와 똑같은 가정에서 자랐다는 느낌이 들었다.

"전에 사진 안 보여줬었나요?"

"사진이랑 인상이 조금 달라서 못 알아차렸어……."

"아아, 사진은 교복 차림이었죠."

확실히 그 사진에서는 감색 세일러복을 입고 있었다. 아마 중학교 입학식 같은 행사의 사진일 것이다.

"오빠, 내가 교복 입고 있는 사진 가지고 다녀……?"

"의미심장하게 말하지 마. 입학식 때 찍어준 건 나잖아."

여자는 화장과 옷으로 변한다고는 하지만. 지금 핑크색 티셔츠에 숏팬츠를 차림으로 마츠토모 씨를 끈적한 눈으로 쳐다보는 그녀는 그 사진보다 세 살은 어려 보였다.

"그러니까…… 중학생이었나?"

"아뇨, 사진은 중학생 때 찍은 거지만, 지금은 고등학생이에요."

"치쿠시하마 고등학교 2학년에요!"

"고등학생……?!"

"고등학생이에요. 생일은 7월이라 이제 17살이에요."

"바다의 날(^7월 셋째 주 월요일. 공휴일이다)과 자주 겹쳐서 학교에서 축하 못 받아요."

"그, 그렇구나. 미안해."

겉모습을 보고 초등학생인 줄 알았다. 몸집이 작은 것도 그렇지만, 무엇보다 복장과 소지품의 센스가 꽤 어렸다. 유심히 보니 옷깃이 낡아 있으니 몇 년 동안이나 소중히 입었을 것이다.

"사람은 나이가 10살이나 떨어져 있으면 겉모습으로는 판단할 수 없어지니까요. 복장이 바뀌는 것만으로도 다른 사람으로 보이기도 하죠. 그리고 무엇보다도 말이죠."

"무엇보다도?"

"다른 사람의 집 앞에서 전병을 먹으면서 기다리는 17살은 없어요."

그건 어린이라도 안 할 것 같다.

"그럼 오빠, 동생이 아사해부러도 괜찮어?"

"아사할만한 행색으로 도쿄에 오는 짓은 그만둬."

"달리 선택지가 없어서……."

아사를 각오하고 도쿄에 오는 것이 유일한 선택지.

"폭이 너무 좁은 거 아냐……?"

"유우카, 너 어떻게 여기까지 온 거야?"

"어? 긍께……."

유우카의 설명에 의하면.

할아버지와 싸우고 집을 뛰쳐나온 유우카는 목적지를 도쿄로 정했다고 한다.

"당분간 안 돌아갈라고 했는디, 잠잘 곳은 어짤까 싶어서."

"응."

"아, 도쿄까지 가불면 오빠가 있잖여! 라고 생각해서 도쿄로 정했어."

"그야 언젠가 놀러 오라고는 했지만……."

마츠토모 씨도 설마 귀성했다가 돌아온 지 일주일 만에 찾아올 줄은 몰랐을 것이다. 이게 대체 무슨 일이냐는 얼굴로 머리를 싸매고 있다.

"근디 도쿄까지 갈 방법을 좀체 찾을 수가 없어서."

도쿄에는 도착만 하면 된다. 유우카는 그렇게 생각했지만, 문제는 도쿄로 가는 이동 수단이었다. 소지금은 6,000엔 조금. 운전면허도 물론 없다.

"6,000엔이면 비행기나 신칸센은 절대로 못 타지?"

"얼마 전의 LCC라면 5,000엔 하는 걸 본 적 있지만, 여름엔 무리죠."

"후쿠오카—도쿄 비행기를 5,000엔으로 탈 수 있어……?!"

놀라긴 했지만, 박리다매해서라도 공석을 내지 않는 것을 중시하는 비즈니스 스타일이라면 가능할지도 모른다는 생각이 들었다. 하지만 시스템적으로는 그렇다고 해도, 5,000엔짜리 항공편으로 상공 4,000m를 나는 꼴인데, 불안하지 않은 걸까.

"알겠나요, 미오 씨. 자리가 싸든 비싸든, 그 사람들도 목숨을 책임지고 비행하는 거니까 충분한 기술과 지식을 가지고 있어요. 그리고 추락사고 같은 건 결국엔 다 확률이에요. 에어포스 원도 떨어질 때는 떨어져요. 하지만 그렇게 아낀 1,000엔으로 산 양배추와 돼지고기는 100% 확실하게 회과육이 되죠."

"……회과육은 중요하지."

"만들기 쉬운데다 맛있고, 채소도 먹을 수 있으니까요."

나와는 가치관이 다른 것 같으니까 더 이상 파고들지 않기로 했다.

아무튼 유우카에게는 5,000엔으로 하늘을 난다는 선택지가 없었는데.

"야간버스는 싸다고 들었는디."

"그래도 만 엔 이상은 하잖아."

"했어."

"하지만 야간버스보다 싼 방법이라면 히치하이크 정도밖에……."

"……아뇨, 없진 않아요. 오빠로서 별로 상상하고 싶지 않지만."

"방법이 있어?"

"유우카 너, 청춘18티켓을 썼지?"

청춘18티켓. 나도 이름은 들은 적이 있다. 보통 열차를 하루 동안 무제한으로 탈 수 있는 표가 다섯 장 묶음으로 된 여름과 겨울에 발행되는 저렴한 회수권이다.

"그것도 만 엔 정도 하지 않아?"

"12,000엔 하고도 50엔이죠. 하지만 그건 정가예요."

"상품권 샵에 갔더니 이틀분만 남은 걸 6,000엔 좀 넘는 값으로 팔드라고."

"이틀?"

"후쿠오카에서 도쿄까지 보통 열차라면 하루 반 걸리겠네요."

마츠토모 씨가 어느 틈엔가 스마트폰으로 환승 안내를 조사하고 있었다.

"그럼 어젯밤에는 어디서 잔 거야? 돈도 안 남아있었잖아?"

"142엔이 남았어요."

"142엔으로 대체……."

그 돈으로는 넷 카페에도 들어가지 못할 것이다. 설마 노숙이라도 한 걸까.

"시가현 근처의 햄버거 가게에서 햄버거 하나로 하룻밤 버텼어요!"

"아아, 그러면 물은 받을 수 있지……."

햄버거 가게에서 밤을 지새운다. 한창일 때의 남자애라면 이해가 안 되는 것도 아니지만.

"그거, 안 위험해……?"

"햄버거 가게는 한밤중에도 적당히 사람이 있응께요."

한밤중의 햄버거 가게는 생각보다 안전. 써먹을 데가 있을지 모를 지혜를 얻어버렸다.

"……그 숙박료로 무일푼이 되었으니 달리 아무것도 안 먹은 건가."

"긍께 주먹밥 전병을 한 시간에 하나 정도의 페이스로 조금씩 조금씩 먹으면서……."

고등학생의 왕성한 식욕을 주먹밥 모양 전병으로 달래면서 하루 반의 여정으로 천 킬로를 이동해서 여기까지 왔다고 한다.

"대모험이었구나……."

"드라마 같은 가출은 무리였습니다……."

"기타가 없으니까."

"그거 중요한가요?"

가출한 소년, 소녀라고 하면 뒷골목에서 자고 역 앞에서 노래하고 지역 불량배와 싸우고, 끝에는 같은 고민을 안고 있는 파트너와 만나야 하는데. 역시 현실은 만만치 않은 것 같다.

"그보다 너, 이 한여름에 샤워도 안 하고 돌아다닌 거냐?"

확실히 지금 들은 이야기에 따르면 마지막으로 목욕을 하고 48시간 정도 지난 것이 된다. 가끔 냉방이 안 되는 시골 전철을 갈아타면서 의자 위에서 밤을 보내고 여기까지 왔다면…….

"오, 옷은 갈아입었거든? 햄버거 가게 화장실에서!"
"그렇게 낮은 위생 기준을 가지고 행동하지 마세요."
"냄새 안 나는디……."
"샤워할래? 마음대로 써도 되는데."
"저 냄새 안 나기는 하지마는 감사합니다."
"근데 미오 씨도 이제 집에 온 거죠? 샤워 아직 안 했으면 제집 욕실 쓰게 해드릴게요."
마츠토모 씨는 그렇게 말했지만, 로션이나 스크럽, 그리고 헤어 케어 제품도 없을 거다. 그렇다면 지금은 이틀 걸려서 찾아온 아이에게 양보하고 싶다.
"난 괜찮으니까 유우카가 먼저 해."
"아뇨, 저도 갑자기 쳐들어왔는데 그럴 순 없죠잉."
"아냐 아냐."
"아뇨 아뇨 아뇨."
"아냐 아냐 아냐 아냐."
"혀 씹을 거예요?"
솔직히 조금 위험했다. 이대로 서로 양보해도 구내염만 날 것이다.
"아, 그럼……."
사실 한번 해보고 싶었던 게 있었다.

“츠치야 선배.”

“뭔 일이데, 무라사키.”

“이건 잡담이니 작업하면서 들어주시면 안 될까요.”

“잡담이냐.”

“잡담이에요.”

해가 중천에 올랐을 때쯤, 오른쪽에 앉아있는 후배 무라사키 키란이 키보드를 딸깍딸깍 치면서 말을 걸어왔다. 선배를 대하는 태도에 문제가 있기는 했지만, 진짜 문제인 업무를 진행하는 것은 최우선이었다. 어차피 나한테만 그런 태도라는 건 다른 사람들도 인지하고 있으니 그냥 놔두기로 했다.

나, 츠치야 하루토가 이 데스크로 옮긴 것은 6월 초의 일이다. 원래 여기에 앉아있던 맛츠, 마츠모토 유우지가 이웃집의 헤드헌팅을 받아들이고 이직해서 동기인 내가 대신해서 자리를 옮겼다는 근사한 경위가 있다. 그때 맛츠의 업무와 함께 무라사키의 교육 담당도 인수하였는데, 정신 차리고 보니 벌써 3개월이 지나려 하고 있었다.

참고로 자리를 옮기기 전에 있던 IT 부문에는 나 대신 무슨 아줌마가 들어온 듯했다. 여기 같은 중소기업에서는 인력 쟁탈전이 심각한데, 당시의 사장과 질척질척한 사이였던 하야카와 과장(대머리 빼꾸기)의 파워가 IT 부문에 이긴 결과라나 뭐라나.

그 이후로 사내 무선 LAN의 상태가 몹시 나쁜 게 신경 쓰여서 참을 수가 없다. 그 아줌마, 대체 인터넷 설정에 무슨 짓을 한 걸까.

“무라사키가 먼저 말을 걸어오는 일은 드물잖여. 뭔 일이데.”

“너무 큰 소리로는 말할 수 없는 건데요.”

“작은 소리로 말해봐.”

“저, 지금 돈이 좀 없어요.”

그렇군, 그건 큰 소리로 말할 수 없지.

“긍께 멜론빵은 하루에 세 개까지만 먹으라고 말했잖여.”

“멜론빵으로 파산하는 것이라면 바라던 바지만 그게 아니에요. 아무 말을 하는 건 잘하네요, 츠치야 선배는.”

“고럼, 고걸로 먹고 사는 것이나 마찬가지제잉.”

“인생은 가지각색이네요.”

그때그때의 생각으로 지시를 날리는 상사를 뺀들뺀들 피하는 방법으로 도움이 되고 있다. 이미 업무의 일부가 되어 있으니 인간만사 새옹지마다.

하지만 무라사키가 농담에 농담으로 대답하는 일은 본격적으로 드문 일이다. 그렇게 생각하고 시선을 살짝 오른쪽으로 돌려보니, 멜론빵을 좋아한다고 공언하는 후배의 눈빛은 그야말로 진지했다. 이 녀석, 진심으로 멜론빵으로 파산하면 받아들일 생각이다.

“……그래서, 돈이 읎다고 했었냐.”

"예."

"과소비라도 했데?"

"반은 그렇다고 해야 할까요……. 꼭 사야만 하는 물건이 있어서."

"큰돈이 나간 타이밍에 추가타가 왔다 이 말인가."

아이 같은 외모를 지니고 있어도 어른 여성, 지켜야 하는 선은 지키는 사람이 바로 무라사키 키란이다. 하찮은 것에 생활이 파탄 날 정도로 돈을 퍼붓는 짓은 안 할 것이고, 조금 곤란한 정도로 빚을 지는 타입도 아니다.

그런 사람이 굳이 돈이 부족하다는 것을 어필하는 걸 보니, 어지간한 추가타가 왔을 것이다.

"집의 에어컨이 고장 나서요."

"큰일이구마잉."

뇌와 입이 싱크로 될 정도로 큰일이었다.

"상상했던 것보다 꽤 큰일이었어."

"새로 사기는커녕, 수리할 돈도 없어요."

"그건 당연히 목숨이 걸려있는 일이구만. 빌려줘? 이자는 세빠빳치로도 괜찮어."

"열흘에 일할이나 세 마리 까마귀 금리* 같은 건 들은 적이 있는데, 세빠빳치는 뭔가요."

---

*까마귀가 저녁에 울 때, 즉 하루에 이자가 1할씩 붙는 걸 까마귀 금리(烏金)라고 부르고 그 세 배인 3할씩 붙는 이자를 세 마리 까마귀 금리(三羽烏)라고 부른다)

"구글링 해봐."

"……검색 결과가 한 건밖에 없는데요. 뭔가요 이거, 이상한 소설 같은 게."

"검색 결과 한 건을 노리고 찾는 건 어려워야. 게다가 한 단어를 찾는데 한 건이면 기적의 영역이제. 난 한 건 워드라고 부르고 있어."

검색 결과가 0건이라면 아무 글자를 치면 띄울 수 있다. 하지만 한 건이라면 난이도가 한 번에 확 뛰고, 그중에서도 네 글자의 한 건 워드는 아마 가장 적으면서도 최고 난이도의 세계일 것이다.

"그래서 이자와의 관계는?"

"읎어야. 오랜만에 찾은 한 건 워드니께 말하고 싶었을 뿐이여."

"그렇군요, 정말 츠치야 선배다운 놀이네요."

아마 디스하고 있는 것일 테지만 신경 쓰지 않는다.

"근디 8월에 에어컨이 없는 건 힘들겄어. 그것만큼은 내도 겁~~~~~~나 잘 알제잉."

"그래서 이렇게 일이 있는 것도 나쁘지만은 않다고 생각하고 있었어요. 냉방이 잘 되는 사무소에서 앉아있을 수 있으니까요."

"지금은 사오토메 씨가 가져와 준 거래처 건으로 벅차서 디지게 더운 날에 외근 나가는 일도 줄었으니 말이여."

"미오 씨 특수네요. 사무작업만으로도 충분한 양이에요."

호칭이 어느샌가 '미오 씨'로 바뀌어 있는 후배를 보고 여자끼리 비밀스러운 대화가 이루어지고 있다는 것을 눈치챘다. 슬쩍

시계를 보니 바늘이 오전 11시를 가리키고 있었다.

"확실히 이건 특수고만~. 자, 이 전표 한 장이 보너스 몇 엔으로 이어진다고 생각하면 의욕도 겁나게 솟아나지."

"의욕이, 나나요? 츠치야 선배는 의욕이 겁나게 솟아나고 있나요?"

해서는 안 될 말을 한 건지 무라사키의 목소리 톤이 달라졌다.

잠깐만, 무라사키. 기다려라, 후배여.

"말하지 마라, 그 앞은 지옥이라고."

"말 안 해도 지옥이에요, 선배."

"것도 그렇구나, 후배야."

"어째서……."

그때까지 컴퓨터로 향해 있던 무라사키의 눈이 처음으로 위를 향했다.

"어째서 사무소의 에어컨까지 고장난 건가요."

"원래부터 낡아빠져 있었으니 말이여."

무라사키의 시선을 쫓듯이 천장을 올려다보니 '고장'이라는 복사 용지가 붙은 에어컨의 토출구가 아무 말 없이 있었다. 조금이라도 살고 싶은 마음에 창문은 활짝 열어뒀지만, 늘어져 있는 복사 용지가 꿈쩍도 하지 않아 완전한 무풍이라는 것을 통감하게 만들어서 쓸데없이 더 더웠다.

"으으으 더워~……. 더워요~……."

"무라사키가 들은 적 없는 목소리를 내고 있어."

"더~워~요~……."

8월의 도쿄 한가운데. 기온은 매일 한여름의 더위를 뛰어넘어 불볕더위다.

그런 환경에서 하루 중에 약간이라도 시원한 곳은 출퇴근할 때 타는 만원 전철뿐. 무라사키의 인격이 바뀔 만도 했다.

"수리업자는 다음 주까지 못 온다고 하니께 좀 참더라고."

"내일은 녹을 거예요……. 적어도 선풍기라도 있으면……."

"선풍기는 없는디, 이거 빌려줄게."

"이게 뭔가요."

"키보드 청소하는 쉭쉭 하는 물건."

고무로 만들어진 작은 럭비공에서 튜브가 뻗어 나온 듯한 외형을 가진 그 물건이다. 럭비공 부분을 손으로 쥐면 튜브 끝에서 공기가 나와 먼지를 날려준다.

참고로 정식명칭은 '청소용 블로워'라고 한다.

"확실히 바람이 생기긴 하지만……."

"뭐, 한 번 속았다 생각하고 쉭쉭 해보드라고."

쉭쉭.

쉭쉭쉭쉭쉭쉭.

검은 튜브를 자신의 얼굴을 향해 쉭쉭 하는 무라사키. 반신반의했던 것 치고는 제법 쉭쉭 하고 있다.

"고무 냄새가 나지만 의외로 시원하네요."

"그쟈?"

"이걸로 어떻게든 극복할 수 있을지도……."

다만 쉭쉭이에는 한 가지 결점이 있다.

"양손이 막히니 쉭쉭 하는 동안에는 일을 못 하는 게 난점이지만."

"겨울이 올 때까지 돌아갈 수가 없잖아요."

내가 애용하고 있는 쉭쉭이는 파워를 중시하는 L사이즈. 무라사키의 초등학생 사이즈의 손에는 약간 커서 양손을 쓰지 않으면 쉭쉭 할 수 없다.

따라서 타이핑은 물론이고 전화도 받을 수 없다.

"인생이란 게 참 마음대로 되는 게 아니네."

나라면 어딘가의 가게에서 하룻밤 버티는 것도 못 할 것도 없지만. 예를 들자면 24시간 영업하는 햄버거 가게라던가.

"역시 무리예요……. 으으으…… 에어컨이 돌아가는 미오 씨네 집에서 우노를 하고 싶어요~……."

"좋구만. 난 마지막 한 시간만 하게 해줘."

"왜 마지막에만 참가하는 건가요?"

"아무렴 어때."

나는 지난번에 무라사키가 한 번 이기면 그만하는 룰로 했다가 밤을 지새우는 사투가 벌어진 것을 아직 잊지 않았다.

"맛츠는 반 동거니까 강제 참가잖여. 할 사람은 충분하지 충분해."

"이웃집 사람끼리 반 동거라니 대단하네요. 미오 씨한테 들은

바로는 마츠토모 선배와 사귀는 건 아니라고 하던데."

"그걸 솔직하게 물어볼 수 있는 너도 대단혀."

그 둘의 관계는 정말 알 수가 없다. 단순한 고용관계라고 하지만 비서나 가정부 같은 것은 아닌 것 같고, 그렇다고 해서 남자친구 여자친구 사이냐 하면 그것도 아닌 것 같고.

아무튼 사정이 너무 난해해서 어디서부터 어떻게 물어봐야 좋을지 전혀 모르겠다. 그런 부분에 돌직구를 때려 박는 무라사키키란, 상당히 대단하다.

"그거, 칭찬 아니죠?"

"3할 5푼 정도는 칭찬하는 것이여. 잘하면 수위타자를 노릴 수도 있응께 열심히 해보드라고."

"긍정적으로 검토해볼게요."

무라사키가 성의를 듬뿍 담아 대답하고 일단 대화가 끊겼다. 물론 일하는 중이니 전표를 정리하거나 숫자를 입력하는 등의 작업이 시작되게 되는데.

덥다.

역시 덥다.

그저 한결같이 덥다.

눈앞에 컴퓨터가 있기에 더욱 덥다. 컴퓨터와 자신 중 어느 쪽이 먼저 과열될지 걱정될 정도로 덥다. 그러고 보니 남자는 온도가 너무 높아지면 아이를 만들 수 없게 된다고 들었는데, 내 유전자는 아직 무사할까.

무심코 무라사키에게 물어보려다가 성희롱이라는 걸 깨닫고 그만뒀다.

"~~슈우우우우우우~~."

"……무라사키?"

"죄송해요, 조금 시원해지지 않을까 싶어서."

옆을 보니 언제나처럼 쿨한 표정으로 컴퓨터를 바라보고 있는 무라사키. 하지만 그 손은 꿈쩍도 하지 않았다.

화면 너머 어딘가의 허공을 바라보면서 입으로는 '~~슈우우우우우우~~'라며 공기가 새는 듯한 이상한 소리를 내고 있었다. 이거 슬슬 위험할지도 모르겠다.

"……오?"

그때, 매너모드로 해둔 내 스마트폰이 작게 진동했다. 화면에는 녹색 팝업이 떠서 메시지가 도착했다는 것을 전해주고 있었다.

"왜 그러세요?"

"호랭이도 제 말 하면 온다더니."

속담이라는 것은 얕볼 수가 없다. 이 타이밍에 맛츠의 채팅이 올 줄은 몰랐다. 아무래도 사진을 보낸 모양이다. 상대는 분명 집에 있을 시간일 테니, 팥빙수나 중화냉면 사진을 보낸 걸까. 솔직히 시원해 보이는 것이라면 뭐든 좋다.

그렇게 생각하고 채팅 화면을 열었다가.

바로 닫았다.

"마츠토모 선배한테서 왔나요?"

"그랴, 사진을 보냈네."
"무슨 사진이에요?"
"소면."
그렇다, 보낸 것은 소면의 사진. 보기에도 시원해 보이는 여름의 풍물시인 그것.
"시원해 보여서 좋지 않나요."
"……그렇게 생각하면 볼래?"
"말만 들어도 그렇지 않다는 걸 알겠네요."
무라사키가 말은 그렇게 하면서도 궁금했는지 옆에서 스마트폰을 들여다봤다. 나는 화면을 비스듬히 기울여주면서 맛츠에게서 온 메시지를 다시 띄웠다.

마츠토모 유우지:
냄비 소면을 만들어봤는데 면이 가늘어서 집기 어려운 게 결점이네.

거기에는 기분 좋아 보이는 코멘트와 함께 계란과 튀김 부스러기와 소면이 든 질냄비가 성대하게 김을 뿜고 있었다.
"…………."
"…………."

원래 조용하고 무더웠던 사무소에 잠시 정적의 시간이 흘렀다.
"……무라사키, 오늘 밤 예정은 비어있냐?"
"내용에 따라서는 빌지도 몰라요."
"우리 집에서 냉방 풀로 돌리고 전골 먹을 테니께 너도 와라."
"하는 수 없네요."
음속으로 일을 끝내자.
무언의 합의 아래에 우리는 각자의 컴퓨터와 마주했다.

남매끼리 몇 살까지 함께 목욕하는가.

가정에 따라 차이는 있겠지만, 아마 전국의 남매에게 있어서는 영원한 명제가 아닐까 생각한다. 미리 말해두겠지만, 대중탕의 남탕에 들어갈 수 없는 나이가 되어서도 '싫어 싫어, 오빠랑 들어갈 거야~!'라고 말하는 여동생은 존재하지 않는다. 적어도 난 만난 적이 없다. 어느 지인의 말로는 탈의실에 가까이 가기만 해도 '경계하는 기색'을 내는 걸 알 수 있다고 한다.

그럼 우리 집의 유우카는 어떤가.

"유우카~, 세탁기 위에 하늘색 수건 둘 거니까 그거 써라~?"

"알았어~. 오빠 오빠."

수건을 두러 탈의실에 들어가니 유우카 쪽에서 말을 걸어왔다. 경계하는 기색은 없었지만, 대신 더 위험한 무언가가 느껴졌다.

"왜 그래, 무슨 일 있어?"

"뒤에 있는 여체의 존재감이 굉장해."

"그만해."

이런 느낌이다. 미오 씨도 들어가 있으니 후딱 두고 후딱 나올 생각이었는데. 욕실 안에서는 스펀지를 삭삭 미는 소리와 미오 씨가 항상 쓰는 샴푸의 향기가 풍겨왔다.

"유, 유우카 움직이지 마……."

미오 씨가 말하길, 누군가와 서로 등을 밀어주는 걸 한번 해보고 싶었다고 한다. 바다에 갔을 때 무라사키와 하려고 했는데 무라사키가 등에 선크림을 제대로 바르지 못해 욕실에서 손도 대지 못했다나 뭐라나. 방심하면 나한테도 하자고 권유하니 정말로 해보고 싶었던 모양이다.

반사적으로 욕실로 시선을 돌리니, 불투명유리 너머로 두 사람의 실루엣이 비치고 있었다. 이 선명하지 않은 실루엣으로도 차이를 잘 알 수 있으니, 인간의 개체차라는 것은 흥미롭다. 흥미롭지만, 그 뒤부터 동생이 할 행동과 발언이 어느 정도 추측이 되는데.

"아, 오빠도 볼래? 문 열까?"

"유우카?!"

그만해.

"죄송해요, 미오 씨. 이 녀석, 누나 말고는 같이 들어간 적이 없어서 텐션이 이상하네요."

"그렇다고 이렇게 돼……? 그 외에도 어머니라던가……."

"아~ 아니, 그건……."

"아, 그럼 오빠한테 설명할 테니께 들어봐잉. 위에서부터 빵빵하고 다시 빵빵하고 쏙 들어갔다가 다시 빵빵한디 위쪽의 빵빵한 부분의 끝이 째깐해."

"유우카?!!"

그만하라고!

들어서는 안 되는 것까지 들은 것 같다.

"유우카."

"왜~?"

"여긴 603호실이야. 집주인은?"

"사오토메 씨."

"다시 말해서 그 사람은 널 그대로 바깥으로 쫓아낼 권리를 가지고 있지."

"……이대로?"

"태어난 그대로의 모습을 보여주면서 후쿠오카까지 돌아갈 거야?"

"'맨몸으로 후쿠오카에서 나온 여동생이 더 맨몸이 되어서 귀가 챌린지'?"

비디오 가게의 장막을 들춘 그 너머에서 팔고 있을 법한 영상물의 제목이 튀어나왔다. 그런 구문은 어디서 배워온 거야.

"아, 안 쫓아낼 건데?"

미오 씨는 쫓아내지 않을 거라 말한다. 즉.

"불가능하다고는 안 했어."

물론 실제로 그렇게까지 하면 여러모로 법률적 문제가 있을지도 모르지만, 법률 지식은커녕 스마트폰, 거기에 옷도 없는 유우카가 그걸 알 수는 없다.

"……사오토메 씨, 등, 밀어드릴까요?"

유우카 녀석이 꺾였다.

"어? 하지만 아까 밀어줬잖아……."

"그럼 온몸을 씻겨드릴까요."

"아까 씻었잖아……."
"그럼 안쪽까지!"
"안쪽이라니?!"
그만해.

◆◆◆

미오 씨가 동생을 주워왔다.
무슨 말인지 이해가 안 되지만, 실제로 나도 무슨 일이 일어나고 있는지 이해가 안 됐다. 사람을 착각했다거나 몰래카메라 같은 하찮은 일이 아니라, 내가 요리하고 있는 옆에서 샴푸 향기가 나고 피부에 윤기가 나는 동생이 뭔가를 깨달은 듯한 시선을 이쪽으로 향하고 있었다.
"오빠."
"왜."
"굉장했어."
"그렇구나~."
"굉장했어~……."
어휘력을 잃어버린 게 묘하게 리얼했다. '보고' 온 자가 느낀 무시무시함이 느껴졌다.
그리고 유우카가 말하길.
"그래도 역시 맨션의 욕실에서 어른 둘이 있는 거는 쬐매 좁았다."

"어른?"

"아 쫍았다고!!"

"그러니까 우리 집 욕실을 쓰면 됐잖아."

"다 벗고 솔직하게 얘기하믄서 오빠랑 사오토메 씨의 관계를 물어봐야 했으니께."

"너, 내가 나간 뒤에 그런 걸 물어본 거냐……."

요컨대 그걸 자세히 캐묻기 위해서 일부러 같이 들어간 것 같다. 부러운 건 아니지만 쓸데없는 짓을.

"하지만 안 가르쳐줬어……."

"그래?"

오빠가 회사에서 버림받아 옆집 누나에게 고용됐다는 사태는 사람에 따라서 쇼킹할지도 모르니 미오 씨 나름대로 배려를 해준 걸까.

"'어서 와'라는 말을 듣고 싶어서 오빠를 고용했다더라고."

"응?"

"확실하게 집에 있도록 하기 위해서는 전어? 가 아니면 안 되니께, 한 달에 30만 엔이나 주고 있다 하더라고."

"전업이야. 그것만 해서 먹고산다는 뜻이야."

"그런 느낌으로 어물쩍 넘어갔어."

그렇군.

"나도 다시 들으니 농담으로밖에 안 들렸지만, 농담이 아니야."

"오빠까지 속이는겨? 나가 그래두 그렇게까지 애는 아니거든!"

마음은 이해한다. 나도 유우카가 아르바이트를 찾았다고 하는데 「옆집 아저씨네 집에서 '어서 와'라고 말하는 일」을 한다고 하면.

"그건 안 돼. 그건 다른 의미로 안 된다."

"오빠, 뭔 소리 하는 것이데?"

"아니, 아무것도 아냐. 근데 어떻게 말해야 할까, 미오 씨는 전혀 얼버무리지 않았는데……."

"오기로라도 안 가르쳐주겠다 이거네."

"그게 아니라."

"아 왜! 예쁜 언니를 교묘하게 꼬셔서 이용해먹기 좋은 여자로 만든 오빠가 집이 옆집인 걸 구실로 삼아서 문란한 생활을 해도 딱히 안 놀랄 거거든!"

"놀래줘라. 그 부분은 놀래줘. 네 안에 있는 난 그런 인간이야?"

"그렇지만 옛날부터 친구가 오빠에 대해서 자주 물어보는디……."

"어, 진짜로?"

"꽤 많이."

충격적인 사실을 알고 말았다. 아니, 설령 8살 아래인 동생의 친구에게 인기가 있다고 해도 어쩔 도리가 없지만.

"믿기 어려운 건 잘 알겠지만, 미오 씨가 말한 건 전부 사실이야. 딱히 아무것도 얼버무리지 않았어."

"그려? 진짜?"

"그래."

"사오토메 씨가 서툰 청소나 요리를 대신하는 것도?"

"정말이야. 지금 만들고 있잖아."

"오빠가 사오토메 씨를 위해서 옛날에 잃어버린 인형을 찾아준 것도?"

"정말이야. 덕분에 지금도 이 일을 계속하고 있지."

"책장에 있는 그림책이 오빠의 취미라는 것도?"

"미안, 그건 거짓말이야."

부끄럽다고 저한테 뒤집어씌우지 마세요, 미오 씨.

"그럼 '어서 와'라는 말을 듣기 위해 30만 엔으로 고용했다는 건?"

"그건 진짜야."

"……그게 뭐여?"

"일하는 건 굉장히 즐거워."

"아니, 그렇다는 건 세간의 눈으로 보면 기둥……."

"유우카, 고기말이 다 됐으니까 테이블에 옮겨줘."

"고기!!"

좋아, 잘 빠져나왔다. 한여름의 더위 속을 길게 여행해온 것 치고는 심신 모두 건강해 보이니 무엇보다 다행이다.

하지만 문제는 여기까지 얘기해봐도 유우카가 도쿄까지 찾아온 목적이 보이지 않는다는 것이다. 가출한 이유는 할아버지와 싸웠기 때문이라고 해도 도쿄까지 와서 무엇을 할 생각인지 전혀 모르겠다.

"비와 이슬을 피하기만 하는 거라면 중학교 때 친구네 집에 가는 것 정도는 가능하겠지, 저 녀석이라면."

뭔가 있을 것이다. 다소 무모한 짓을 해서라도 도쿄에 오고 싶었던 목적이. 한 번 물어봤는데 대답하지 않았으니 말할 생각은 없을 것이다.

"유우카, 시기가 시기니까 자세히는 안 물어보겠지만, 도쿄에 있는 동안에는 어떻게 할 생각이야?"

아무 생각 없이 그냥 홧김에 왔을 가능성도 물론 있다. 그렇다면 딱히 하고 싶은 일도 없을 것이고, 집에서 빈둥거리게 두는 것도 건설적이지 않으니 시부야나 이케부쿠로에라도 데려다줄까 싶었는데.

"아르바이트 하고 싶어!"

바로 대답했다.

"치쿠시하마 고등학교는 아르바이트 금지였을 건데."

"돈을 안 벌면 집으로 돌아갈 교통비도 안 나오니께, 쭉 여기서 살아야 하게 되는겨."

"그만둬."

고등학생 여동생과 한 지붕 아래서 둘이 사는 생활. 만화나 소설이라면 몰라도 현실에서 일어나면 아마 기쁜 이벤트는 아닐 것이다.

"뭐가 있을까?"

"파견 알바 정도라면 있을 건데……."

도쿄까지 와서 하는 게 계산대 알바나 회장 설치 알바 같은 걸

하는 건 어떻게 봐야 할까. 도쿄돔에서 맥주를 파는 건 어떻게 보면 도쿄에서만 할 수 있는 일이지만, 후쿠오카에도 돔은 있다. 도쿄돔보다 크고 7회 초와 말 사이에는 제트 풍선이 날아다니는 녀석이.

"돌아가는 교통비가 2만 엔이 조금 넘는다 치고, 여기서 쇼핑 같은 걸 하고 싶으면 알바를 일주일 동안 해야 하는 건가."

"가능하면 모레까지는 돈이 있었으면 좋겠는디."

"모레?"

무일푼이니 일단 쓸 돈이 필요한 건 알겠지만 모레까지 필요하다는 건 또 갑작스러운데.

"음, 당일 지급에 여고생도 할 수 있고 일당도 좋은 알바라……."

"있잖여."

"그렇네, 예를 들자면……."

여고생이 당일에 큰돈을 얻는 방법.

"…………."

"…………."

"오빠, 지금 뭔 생각 했데? 에로한 생각이랑 변태 같은 생각 중 어느 쪽??"

아까부터 그렇지만 음담패설 실력이 는 것 같아서 오빠는 걱정이다.

"아니, 유우카라면 손님을 찾는 게 힘들겠다 싶어서."

"학교에선 '좋아하는 사람은 무조건 있을 거다'는 말 듣거든!!"

"매니아에게 인기인가."

"흡! 흡! 핫!"

"아야! 아야! 오빠를 차지 마! 야!"

유우카의 키는 149cm. 파워는 없지만 낮은 위치에서 후벼파는 듯한 발차기가 들어와 소소하게 아프다. 식칼이나 불을 쓰지 않는 걸 눈으로 제대로 확인한 다음에 차는 게 또 영리하면서 고약하다.

"애초에 왜 도쿄까지 와서 알바를 하는 거야. 뭔가 사고 싶은 거라도 있어?"

"무일푼에게 인권은 없느니라."

"우리 집에서 자란 아이는 반드시 그 결론에 도달한단 말이지."

돈이 있어도 반드시 행복한 건 아니지만, 돈이 없으면 불행하다. 각자 경위는 다르지만, 우리 집 남매는 모두 그렇게 생각하기에 이르렀으니 유전자와 환경은 무섭다. 개인의 의견입니다.

"여기에 오는데 6,000엔을 써부러서 올해와 작년 세뱃돈도 사라졌고……."

"치히로 누나한테 받은 거였냐, 그거."

치히로 누나는 나보다 세 살 많으며 사회인이다. 올해 설날에도 유우카에게 (마츠토모 가는 대학생부터 세뱃돈을 주지 않는 문화가 있어서 나는 대상이 아니다) 세뱃돈을 주는 걸 본 기억이 있다. 그게 없었으면 정말로 히치하이크로 도쿄까지 왔을지도 모른다.

"내가 사줄까!"
"아니, 미오 씨……."
과연 오빠로서 용돈을 줘야 하는가, 준다고 한다면 얼마가 적당한가. 그 기회가 생각보다 빨리 와서 머리를 굴리고 있으니 실내복으로 갈아입은 미오 씨가 나타났다.
"오랜만에 머리를 확 자를까 생각했어."
"힘들 것 같네요, 말리는 거."
"나보다 배는 더 걸렸네."
같이 들어갔는데도 유우카보다 늦는다고 생각했는데, 머리를 말리는데 시간이 더 걸려서 늦은 것 같다.
"유우카, 뭐 갖고 싶은 거 있어?"
"네?"
"선물해도 돼? 난 이래 봬도 평균보다는 더 벌고 있으니까!"
평균은커녕 28세에 월 실수령 50만 엔을 받는 여성은 상위 0.1%의 스케일이다. 지금은 나를 고용하는데 월 30만(음식 재료비는 반으로 나누니 실질적으로는 좀 더 낮다)을 내고 있어서 월 수입과 지출은 엇비슷하지만, 그것도 앞으로의 월급 인상이 탄탄하니 불안은 없다며 강한 모습을 보이고 있다.
"에? 에?"
"모처럼 도쿄까지 왔으니까 시간을 유익하게 쓰는 편이 좋다고 생각해. 알바가 쓸데없다고는 안 하겠지만, 도쿄에서만 할 수 있는 일을 하는 편이 좋지 않아?"

10000
壱万円

"그래도……."
"어른에게 기대는 건 학생의 특권이라고?"
"……아뇨, 역시 괜찮아요."
역시 오늘 처음 만난 사람에게 금품을 받는 건 저항이 있었는지 내가 말리기 전에 유우카가 손사래를 치며 거절했다.
"미오 씨, 마음은 고맙지마는……."
"그, 그래? 억지로 받으라고 하지는 않겠지만, 필요해지면 언제든지 말해."
굉장히 의욕적인 모습을 보이는 미오 씨가 신경 쓰이지만 목욕하고 나와서 돈 이야기만 하는 것도 재미없다. 우선 테이블 위에 늘어놓은 걸 정리하도록 하자.
"일단 밥 먹을까요."
"아, 그렇네. 식겠어."
"오늘은 소면 고기말이에요."
돈 이야기보다 밥 이야기를 하는 편이 생물로서 더 건전하다.
그렇게 화제를 식사로 돌렸을 때, 유우카가 내 셔츠 자락을 잡아당겼다.
"오빠."
"이 집의 주인은 미오 씨야."
"사오토메 씨!"
"아, 예."
새삼스럽다는 느낌은 있지만, 마츠토모 가의 딸은 그냥 흘러가

듯이 다른 집의 식탁에 앉으라고 교육받지 않는다.
"밥 같이 먹어도 돼요?"
"아, 물론이지."
유우카는 미오 씨의 대답을 듣고 오른손 주먹을 하늘로 번쩍 들었다.
"이……."
"이?"
"이틀 만에 먹는 쌀~~~~~~~!!"

"마츠토모 씨."

"왜 그러세요, 미오 씨."

"질량보존의 법칙, 기억해?"

"어떤 물체와 다른 물체가 붙으면 무게가 원래 두 물체를 합친 값이 되고 늘어나거나 줄지는 않는다는 법칙이죠."

중학교 과학 시간에 배운 기억이 있다. 수소 분자 두 개와 산소 분자 한 개로 물 분자가 두 개가 되며 질량은 변하지 않는다는 그 법칙이다.

"지금 처음으로 의무교육으로 배운 물리법칙에 의문을 품고 있어."

"금방 익숙해질 거예요."

인간의 위장이라는 장기는 지나치게 적게 먹으면 줄어들어서 많이 못 먹게 된다고 한다. 반대로 계속해서 많은 양을 먹으면 위가 늘어나서 많이 먹을 수 있게 된다. 푸드파이터가 경기 전날에 실전에서 먹는 만큼의 양을 먹는 것도 그 때문이다.

유우카는 그런 이치를 전부 무시하고 먹고 있었다. 이틀을 주먹밥 모양 전병과 햄버거 하나만 먹고 지낸 한을 풀기라도 하듯이 그저 한결같이 먹고 있었다. 작은 몸의 어디에 저 많은 게 들어가는 걸까.

"유우카, 맛있어?"

"네!"
"소면 고기말이, 먹을래?"
"감사합니다!"
"양배추 먹을래?"
"감사합니다!!"
"겨자 필요해?"
"괜찮아요!"
뭘까, 이 어미 새와 아기 새를 보는 느낌은.
"미오 씨, 먹이 안 줘도 돼요. 유우카도 받지 마."
"그럼 한 그릇 더."
"그럼이 뭐야."
"마츠토모 씨."
"죄송해요, 미오 씨, 이틀 동안 제대로 못 먹어서인지 거리낌이 없네요."
아무리 뻔뻔한 사람이라도 염치가 있는 법이라는 말이 있다. 그렇구나, 가족이 식객이 되니 처음으로 그 뜻을 이해한 듯한 느낌이 든다.
아무래도 눈에 거슬렸는지 미오 씨도 정색하고 있는 듯했다.
"우리 집 밥솥은 3인용인데 양에 찰까……?!"
남은 밥의 양을 진지하게 걱정하고 있었다. 이야기한 적이 없어서 확실하게는 말할 수 없지만, 지금 미오 씨는 아마도 일본 경제의 장래 같은 것을 이야기할 때와 똑같은 얼굴을 하고 있을 것이다.

“질냄비를 동원해서 밥을 짓고 있어요.”

“질냄비?”

“새로운 요리를 좀 시험 삼아 만들려고 꺼내놨었는데, 덕분에 바로 대응이 됐네요. 새 요리는 아직 시행착오를 겪는 중이지만 인간만사 새옹지마라는 말이 딱 맞네요.”

“질냄비로 밥을 지으면 맛이 달라져?”

“그렇죠. 뭐랄까…….”

물론 맛이라는 것은 주관적이고 취향도 있으니 일률적으로 말할 수는 없지만.

“일본도랑 비슷하다고나 할까요.”

“일본도?”

“일본도는 지금도 전국에 칼 만드는 도공이 있고, 계속해서 새로운 기술이 진보되고 있는 분야래요.”

“그래?”

아마 뛰어난 칼도 많이 나오고 있겠지만, 그래도 탑클래스의 명검이라고 하면 가마쿠라 시대에 만들어진 것을 최고봉으로 친다고 한다.

“당시 기술은 실전된 것도 많아서 가마쿠라 시대의 검을 만드는 게 목표인 사람도 있대요.”

“천 년 전 장인의 기술이 최신 기술을 웃돌고 있는 거구나.”

“밥솥으로 치면 질냄비가 그런 존재라고 생각해요.”

"그렇구나."

"손의 관절을 이용해서 물의 양을 조절하는 게 요령이에요."

기준은 쌀 깊이의 두 배다. 손가락 관절 사이의 간격은 보통 똑같으니 냄비 바닥에 손을 찔러 넣으면 자로 쓸 수 있다. 그런 아날로그 방법으로도 최신식 밥솥과 동등하거나 그 이상의 밥을 지을 수 있으니 질냄비는 굉장하다.

뭐, 전부 마츠토모 유우지 개인의 의견이지만.

"한 그릇 더!"

"꼭꼭 좀 씹어 먹어."

물론 그런 초월적인 기술을 갑자기 찾아온 동생의 식욕에 대응하기 위해서 도쿄에서 처음 쓰게 될 줄은 몰랐지만. 그렇게 지은 흰 쌀밥도 현재진행형으로 양이 줄어가고 있는데.

이대로 계속 먹을 수 있다면 굉장한 일이지만, 내 여동생이니 알고 있다.

이 녀석은 먹으면 바로 졸리게 된다는 것을.

"일단 제 방에 재워두고 왔어요."

유우카는 먹으면 바로 졸리게 된다.

이 습관은 내가 본가에 있던 때부터 변하지 않았고, 먹자마자 바로 졸기 시작한 유우카를 내 이불에 던져 넣은 것이 밤 10시였다. 긴 여행의 피로도 있어서인지 상당히 잘 잤다.

"……태풍 같은 동생이네."

"왠지 미안하네요."

장을 보고 돌아왔더니 어째서인지 동생이 있었고, 안 해도 될 도주극과 수 싸움에 승리하여 겨우 저녁을 먹는가 싶었더니 모든 것을 먹어치울 듯한 식욕에 대응하느라 쫓긴 것이 오늘 밤의 흐름이었다.

일주일 치 피로가 쌓인 것 같은 느낌이 든다. 육아에 힘쓰는 이 세상의 모든 부모님에 대한 존경심을 품고 바로 자고 싶었지만, 그 전에 확인해두고 싶은 것이 있었다.

"그런데 오늘은 어쩐 일이래요, 미오 씨?"

"응?"

"유우카한테 돈을 주려고 하시고……."

미오 씨는 돈으로 해결하려는 경우도 많은 사람이지만, 그건 커뮤니케이션을 대체할 수단일 뿐이지 무계획적으로 낭비하는 사람은 아니다. 오히려 나와 만나기 전의 생활은 검약가의 생활 그 자체였을 것이다.

"전부터 여동생이 있었으면 좋겠다고 하긴 했지만, 누군가와 친해지기 위해 돈을 주지는 않았잖아요. 왜 갑자기……."

"이, 이상했어?"

"이상한 건 아니지만 왜 그러나 싶어서요."

"그, 딱히 이유가 있었던 건 아니고 그냥 돈을 쓰고 싶은 기분이었다고 해야 할까…….”

“꽤나 불건전한 기분이네요.”

“그럴 때도 있는 거야!”

“미오 씨, 인간은 거짓말을 할 때는 왼쪽 위를 본다고요.”

“……그래?”

무언가를 공상할 때는 왼쪽 위, 무언가를 떠올릴 때는 오른쪽 위를 본다는 연구 결과가 있다고 한다. 우뇌와 좌뇌의 기능 차이에 의한 것이라고 하는데, 원리가 어찌 되었든 간에 거짓말, 즉 인간이 공상할 때는 시선이 자기가 봤을 때 왼쪽 위를 향하게 되어 있다고 한다.

“그래요.”

“흐, 흠~.”

오른쪽 아래를 향하기 시작했다. 이 사람은 참 알기 쉽구나.

“그러니까 방금 대답은 거짓말인 거죠.”

“윽.”

“딱히 미오 씨가 왼쪽 위를 보고 있어서 말한 건 아니에요.”

인간이라는 생물은 과학적으로 틀에 맞춰서 생각하면 전부 알 수 있을 정도로 단순하지 않다. 다만 ‘별 뜻 없다, 아무것도 아니다, 이유 같은 건 없다’. 그런 말을 하는데 정말로 별 뜻 없는 사람은 드물다는 것은 나의 지론일 뿐이다.

“그러니까, 이유라고 한다면, 그…….”

“네.”

"아까 욕실에서 유우카한테 들었어."

미오 씨는 어딘가 시원치 않은 태도로 말을 꺼냈다.

같이 목욕하러 들어갔을 때의 대화. 유우카는 나와 미오 씨의 관계를 물어봤다고 했는데.

"무슨 말을 들었죠?"

이번에는 거짓말 때문이 아니라 동요를 한 탓인지 다음 말을 하기 전에 미오 씨의 시선이 약간 이리저리 흔들렸다.

"마츠토모 씨, 부모님이 돌아가셨다고."

"……아아, 그거 말인가요. 죄송해요, 숨기고 있던 건 아닌데."

나의 부모님, 마츠토모 유사쿠와 치카는 내가 초등학생일 때 교통사고로 타계했다. 그 뒤에는 친할아버지와 친할머니가 우리 셋을 거두어 길러줬으며, 특히 당시에 두 살이었던 유우카의 부모님에 대한 기억이라고 하면 거의 할아버지와 할머니에 대한 기억밖에 없을 것이다.

굳이 내가 먼저 할 이야기도 아니라서 안 했는데, 정신 차리고 보니 말할 기회도 없는 채로 지금에 이르고 말았다.

"그렇다고 해도 이미 몇십 년도 더 된 일이라서. 그런 걸로 걱정하지 않아도 돼요."

"이것도 유우카가 얘기한 건데, 마츠토모 씨가 부모님이 돌아가셨다는 소식을 듣기 전까지 열리지 않는 집 문 앞에서 계속 기다렸다고."

"……네."

"석 달 전에 내가 열쇠를 잃어버리고 문 앞에 있었을 때 도와준 것도 혹시."

당시의 자신과 미오 씨를 겹쳐보았기 때문이 아닌가. 그렇게 말하고 싶은 것이리라.

솔직히 말해서 나도 모르겠다. 그 상황이라면 양식 있는 판단을 내려 도와줬을지도 모르고, 도와줬다고 하더라도 베란다를 뛰어넘는 짓까지는 하지 않았을지도 모른다.

물론 부모님이 건재하셨다면 아마 나는 다른 인생을 살아왔을 것이고, 그날 이 맨션에서 미오 씨와 만날 일은 없었을 것이다. 무의미하다면 무의미한 가정이다.

"그때의 사례라면 마음만 받는다니까요. 그거 때문에 동생한테까지 돈을 줄 필요는 없어요."

"그, 그것도 이유이긴 한데……."

미오 씨는 한 가지 이유가 더 있다며 운을 떼고 말을 이어나갔다.

"……나도 사줬으면 좋겠다 싶었으니까."

"미오 씨도?"

"내가 어릴 때는 그렇지도 않았지만, 초등학교 4학년쯤부터 이런저런 일이 있어서 집이 엄격해져서……. 경제적으로는 풍족해서 학비는 받을 수 있었지만, 유행 따위는 쓸데없고 중학생이나 고등학생이 화장하는 건 말도 안 되는 짓이라 여기는 환경이었어."

"아아, 반에 한 명쯤은 있었죠. 텔레비전을 금지당하거나 게임을 금지당한 아이가."

전에 어머니가 특이하다고 말했으니까 그에 따른 변화인 걸까. 초등학생 입장에서는 정신적으로 괴로운 시기였을 것이다.

"그게 괴로운 건 나도 아니까. 경제적인 이유라면, 더구나 부모님의 불행이 원인이라면 어떻게든 해주고 싶어서……. 역시 이상한가? 다른 집안의 교육방침 같은 것이니까 내가 끼어드는 것도……."

"아뇨. 아니에요."

이상하지 않다. 나도 그랬다.

부모님의 보험금이 들어와도 조부모님은 원래 유복하지 않았으니 교육비를 대는 것이 고작이었다. 용돈은 받을 수 없는 달이 더 많았다. 만약 부모님이 살아계셨다면, 부잣집에서 태어났으면 하고 생각한 게 한두 번이 아니다.

흔히들 일하지 않는 자 먹지도 말라고 한다.

그렇다, 실로 지당하신 말씀이다. 그렇다면 주위 사람이 일하지 않고 먹고 있을 때 혼자서만 일하면 건전하고 숭고한 정신을 기를 수 있는가? 그런 건 악질적인 농담에 지나지 않는다. 건전은커녕 주위와의 차이로 인해 상처받고 비뚤어질 것이 뻔하다.

"전혀 이상하지 않아요. 자신이 괴로웠으니 유우카는 그렇게 되지 않았으면 한다는 거잖아요? 훌륭한 이유 아닌가요."

"그런가……."

큰 목소리로 돈이 있는 게 행복이 아니라고 말하는 사람은 얼마든지 있지만, 당연히 없는 것보다는 있는 게 낫다. 그걸 부정하는 것은 현실을 직시하지 않는 것에 불과하다.

"솔직히 말해서 저도 미오 씨와 똑같은 생각이에요. 더구나 저희는 '안 주는 것'이 아니라 '못 주는 것'이니까요."

"그럼……."

사정은 알았다. 그런 것이라면, 돈을 내주는 것 자체는 미오 씨 본인이 좋다고 생각한다면 괜찮을지도 모른다.

"하지만 아마 다를 거예요."

"어? 뭐가?"

"유우카 녀석, 뭔가 숨기고 있어요."

미오 씨가 그래? 라는 표정으로 고개를 갸웃했다.

"집에서 싸웠다, 그래서 가출했다. 유우카의 성격이 저러니 거기까지는 이상하지 않아요."

하지만 그 때문에 도쿄까지 오는 건 이상하다.

"그건 도쿄를 구경하고 싶다고……. 마츠토모 씨도 있고."

"전 재산을 털어서 왔단 말이죠. 놀 돈은커녕 돌아갈 여비조차 없는데 '싸워서 홧김에' 오빠의 집에 쳐들어올 정도로 동생이 나사가 풀리진 않았을 거예요."

"……처음 말을 걸었을 때 대답하는 걸 보면 빠릿빠릿했지."

"네, 그러니 뭔가 숨기고 있는 게 아닐까요."

"하지만 본인은 아무 말도 안 하지 않을까?"

미오 씨의 말대로 분명 평범하게 물어봐도 어물쩍 넘길 것이다.

사정이 있다고 해도 아마 그렇게 큰일은 아닐 것이다. 분명 어른이 보면 사소하고 하찮은 일일 것이고, 유우카도 그걸 알고 있으니 입 밖으로 안 꺼내는 것이고 못 꺼내는 것이다. 그런 이유가 아닐까.

"그러니 먼저 가출한 사정을 알고 있을만한 사람한테 물어보아야겠죠."

"그런 사람이 있어?"

있다.

스마트폰을 조작해 연락처를 불러와 마 행의 가장 위에 있는 란. 전화를 거니 첫 번째 콜이 다 울리기 전에 통화가 연결되었다.

"여보세요."

'유우카가 거기로 갔구나.'

여자라고 해도 약간 높은 목소리를 의도적으로 낮게 억누른 목소리. 가족에게만 들려주는 이 목소리를 듣는 건 2주 만이다.

"치히로 누나."

'왜?'

"얘기가 너무 빠른데."

'넌 「목소리가 듣고 싶어져서~」같은 소리 하면서 용건도 없이 전화하는 녀석이 아니잖아.'

"유우카가 여기 있는 건 사실이지만, 그 이야기를 하기 전에 소개해둘게. 일로 신세를 지고 있는 사오토메 미오 씨야."

"에, 아, 사오토메입니다."

'일로? 아, 안녕하세요……?'

"유우카가 이쪽에 왔을 때 딱 마주쳐서 말이야. 돌봐주기도 했어."

연락하는 김에 소개한다고 말하면 표현이 좀 거칠지만, 저쪽으로 돌아간 유우카가 나와 미오 씨의 관계를 설명하면 엉뚱한 오해가 생길 것 같으니 지금 먼저 소개해두었다.

'유우지와 유우카의 언니고 장녀인 치히로라고 합니다.'

우리 남매는 세 명. 막내가 유우카, 가운데가 나. 그리고 가장 위가 이 마츠토모 치히로다.

"아, 정중한 인사 감사합니다……."

'이번 일은 죄송합니다. 못난 동생이 정말 폐를 끼쳐서.'

못난 동생.

요즘 좀처럼 들을 수 없는 표현이 튀어나왔다.

참고로 치히로 누나는 호텔에서 근무하기에 사투리를 최대한 피하고 있다. 평소에도 표준어로 이야기한다.

'그래서 유우카는 어때? 밥은 잘 먹고 있어?'

"엥겔계수가 확 뛰어올랐어."

'훌륭하네.'

"나도 바로 물어볼게. 재가 왜 도쿄까지 왔는지 사정쯤은 알고 있지?"

'여비가 마련되지 않아서.'

"여비?"

여비. 말 그대로 여행하는 비용.

"여비가 마련되지 않아서 여행한다니 무슨 논리야?"

'유우카의 친구 그룹 안에서 여름방학에 도쿄에 놀러 가자는 말이 나왔대.'

"……그렇구나."

마츠토모 가의 용돈은 고등학생이 월 2,000엔. 가계 사정이 나쁘면 500엔이 되거나 없어지기도 한다. 더구나 유우카가 다니는 치쿠시하마 고등학교는 아르바이트 금지(후쿠오카에서는 알바가 가능한 고등학교가 드물다)이다. 만약 만 단위의 돈이 필요하다면 반년이나 1년 단위로 준비할 필요가 있다.

그렇다면 여름 전에 들떠서 정한 사안에 대응할 수 있을 리가 없는데.

'가지고 있는 돈으로는 여행은커녕 도쿄까지 가지도 못하니까 할아버지랑 담판을 지었어.'

"그래서 어떻게 됐나요?"

미오 씨도 일단 물어보긴 했지만, 여기에 유우카가 있는 것이 그 대답일 것이다.

'그런 거야. 왕복 교통비랑 체재비만으로도 5만 엔 이상은 드니까. 못 준다고 했지.'

"아니, 그런 이유로 가출까지 하진 않겠지. 할아버지가 뭐라고 했어?"

'나도 거기에 있었던 게 아니라 몰라. 뭐, 할머니한테 들은 바로는 「평소대로」라고.'

"아아, 「평소대로」인가."

"평소대로라니요?"

아마 우리 집안에 국한된 이야기가 아니라 유복하지 않은 집안 출신이라면 대부분 들은 적이 있지 않을까.

"'왜 그런 데를 가야 하냐', '너한테는 아직 이르다', '정말 잘 생각한 거냐' 3종 세트에요."

"엄하게 말한 거구나?"

미오 씨에게는 그렇게 들린 것 같지만 그렇게 엄한 것도 아니다.

'아마 할아버지는 다른 애들을 보고 가난하다고 느끼지 말라고 배려를 한 것 같은데…….'

"표현이 서투르다고 해야 하나, 어긋나 있단 말이지……."

"그렇구나……."

'아무튼, 그렇게 할아버지와 싸운 다음 날 아침에는 주먹밥 모양 전병과 함께 유우카가 사라진 후였대. 내가 아는 건 그 정도야.'

치히로 누나는 집에 늘 있는 먹을 것 중에서 그나마 전병이 여행길에 가져갈만했겠지, 라며 별로 중요하지 않은 정보를 덧붙였다.

"그런 거였군. 대충 알았어."

'그래서, 어떻게 되겠어? 걔도 꽤 고집부리고 있잖아.'

"어떻게든 할게."

'그래. 뭐, 돌아오는 날이 정해지면 알려줘. 역까지 차 끌고 나갈 테니까.'

"그쪽 부주의인 주제에 태도가 거만하네……. 그리고 유우카가 이쪽에 있는 동안의 식비 말인데."

'그럼 끊는다~. 더위 안 먹게 조심해.'

"어이, 잠깐! 누나?!"

내 외침이 무색하게 마지막 한마디를 마지막으로 음성은 끊겼고, 스마트폰에서는 뚜~ 뚜~ 하는 익숙한 전자음만이 계속 울렸다.

"끊겼어요."

"마츠토모 씨가 전화하는 사람은 멋대로 끊는 사람이 많은 거 같아."

"그런가요?"

이 일을 하게 된 뒤부터 전화를 할 일이 꽤 줄었는데, 그렇게 많은 걸까.

"예를 들면 있잖아, 나구라 씨 같은 이름을 가진……."

"나구라 씨?"

누구지?

"어, 어라? 두더지맨 씨였나? 뭐랄까, 햄버그 같은 걸 떠올릴 법한 이름이었는데."

햄버그를 떠올리게 하는 두더지 괴인?

"아아, 아부라맨!"

"맞아, 그거!"

아부라맨——쿠치키 아키라 전 사장. 나의 전 직장에 해당하는 회사의 선대 회장이다.

한 달 반 정도 전에 회사를 망하게 할 뻔해 사장 자리에서 쫓겨

난 격동의 인물이자 내가 미오 씨에게 스카우트 되었을 때는 속전속결로 팔아넘기기로 정한 결단력을 가진 남자이다.

"아부라맨이 절 팔아넘겼을 때도 자기 할 말만 하고 전화를 끊었었죠……."

"마츠토모 씨한테 그렇게 들은 것 같아."

그때는 '마츠모토 군. 자네를 잊지 않겠네'라는 고마운 말도 들었다. 애초부터 이름을 기억하고 있지 않으니 오히려 대단하다. 내 이름은 마츠토모다.

"그러고 보니 후임 인사는 어떻게 됐을까……."

"다음에 츠치야 씨나 키란한테 물어보면 알 수 있지 않을까."

"……아아, 그 녀석들이 아아짱을 고쳤을 때도 일방적으로 전화가 끊겼네요."

이렇게 되돌아보니 확실히 자주 일방적으로 전화가 끊기는 것 같다. 그런 운명인 걸까.

"모레까지 돈이 필요하다는 건, 친구가 도쿄에 오는 게 그쯤이니까 합류하고 싶다는 거겠지?"

"아마 그렇겠지만…… 유우카는 아마 반쯤 포기했을 거예요."

"……그래?"

여행에 중도 합류를 할 수 있는지는 본인들의 커뮤니케이션에 달려있다고 쳐도, 지금부터 하루만 일해서 놀 자금을 마련하고 친구가 돌아간 뒤에 돌아갈 여비를 더 버는 건 시간상 어렵다. 알바 경험이 없는 유우카도 돈을 버는 게 그렇게 간단하지 않다는 건 알고 있을 것이다.

“그래도 전적으로 부정당하면 ‘알겠습니다, 안 가겠습니다’라고 말할 수 없는 게 인간의 습성이죠. 오기로 여기까지 왔지만 놀 돈도 입고 갈 옷도 없는데 어떡하나. 그게 유우카가 처한 실정이라고 생각해요.”

그래도 대부분의 고등학생이라면 눈물을 삼키고 방에 틀어박히겠지만, 일단 도쿄까지 오는 행동력은 대단하다고 해야 하나. 쉽게 ‘할아버지가 용돈을 안 줬으니 오빠랑 사오토메 씨에게 받겠습니다’라고 뻔뻔하게 나오지 못하는 고집스러움도 포함해서 성가신 성격을 가지고 있다.

“용돈 정도는 줘도 괜찮은데…….”

“보호자에게 받는 거랑 그 외의 사람에게 받는 건 좀 다르니까요. 그래서 말인데요, 미오 씨, 부탁 하나 들어주실 수 있나요.”

“어떻게 할 거야?”

결국 하는 일이 똑같다고 하더라도 동생의 고집 정도는 들어주는 것이 오빠가 할 일이고, 아이의 성장을 지켜보는 것도 어른의 역할이다.

“미오 씨에게만 부탁할 수 있는 일이에요.”

이틀 후, 금요일.

난 유우카를 데리고 신주쿠에 와있었다. 몇 가지 무더위 대책을 세웠다고는 해도 정오의 햇볕에 더해 열 받은 아스팔트에서 올라오는 열에 위아래로 공격당하는 것은 후쿠오카에서 온 인간도 버티기 어려웠다. 그리고 그런 상황 속에 있던 유우카는…….

"오빠."

"왜."

"여기, 남자애랑 여자애 몸이 바뀌는 애니메이션에서 본 적 있다……!"

전력으로 발돋움하면서 스마트폰으로 사진을 찍고 있었다. 되도록 깔끔하게 입으라고 말했더니 입고 온 하얀 블라우스가 한여름의 햇볕을 반사하며 바쁘게 움직이고 있었다.

"……아아, 이 근처였나."

"인터넷에서 비교 사진 본 적 있는디, 참말로 있네잉……!!"

시골 사람이라는 티를 그대로 내는 것도 좀 그렇다고 생각하지만, 나도 상경해서 도쿄역을 나왔을 때 '재래선이 폭탄을 싣고 괴수에게 들이받은 장소'를 보고 흥분을 감추지 못했으니 아무 말도 할 수 없다.

"됐으니까 가자. 여기에 있으면 죽을 거야."

"죽는다."

"사람은 더위로 죽어."

레이와(2019년부터 쓰고 있는 일본의 연호) 시대 여름의 마음가짐을 설파하며 신주쿠의 번화가를 빠져나와 오피스 빌딩이 늘어선 거리로. 예전에는 이 시기에도 검은 양복을 입은 사람이 있었다는 일본 비즈니스 현장의 메카도 근래의 무더위와 쿨비즈의 보급으로 반소매 셔츠를 입은 샐러리맨이 땀을 닦으면서 걸어 다니는 장소가 되었다.

"오피스 거리……?"

"오늘은 놀러 온 게 아니니까."

"어, 아녀?"

"넌 오빠랑 신주쿠에 놀러 오고 싶어?"

"아니, 전혀."

"그렇겠지, 옛날엔 오빠랑 함께가 아니면 수영장에도 안 갔는데."

"여자의 과거를 들쑤시는 남자는 미움 받어."

이렇게 전면적으로 부정하는 것이 리얼한 여동생이라는 생물이다.

"그라믄 어데 가는겨?"

"돈 마련하러."

"알바하러 간다는 소리여?"

"그렇진 않지만, 뭐 네가 일해서 버는 돈이라는 건 틀림없지."

"……뭔 소리데?"

"자, 도착했어."

큰길에서 한 골목 들어가면 나오는 유리창이 깔린 오피스 빌딩, 그 6층. 엘리베이터에서 내리면 순백색 플로어와 에어컨의 냉기가 맞이해주는 그런 공간이 오늘의 목적지다.

지정된 방은 복도에서 세 번째. 문을 노크하니 안에는 정장 차림의 미오 씨와 또 한 사람.

"어서 와요. 시간에 딱 맞췄네요."

"두 분께 실례하겠습니다. 자, 인사해야지."

"에, 아, 처음 뵙겠습니다, 마츠토모 유우카입니다. ……그 배지는, 변호사님?"

미오 씨의 옆, 밝은 회색 정장을 입은 여성의 가슴에 빛나는 해바라기와 천칭을 본뜬 금색 배지. 정식명칭은 변호사 기장이라고 한다.

유우카는 작은 소리로 드라마에서 본 적이 있다고 말하며 자세를 고쳤다.

"이쪽은 법무 관계로 신세를 지고 있는 변호사 시로가네 씨. 오늘은 회의가 있었으니까 마지막으로 5분만 시간을 받았어."

"안녕하세요, 사오토메 씨한테는 항상 신세를 지고 있습니다."

"감사합니다, 바쁘신데."

"아니에요."

"마츠토모 씨, 이제 됐어?"

"네, 미오 씨도 감사합니다."

회사를 그만둔 지 (짤렸다고도 한다) 약 3개월, 나에게 있어서는 오랜만인 형식적인 인사를 나누는 어른들 사이에서 유우카가 허리를 펴야 하는지 굽혀야 하는지 모르겠다는 얼굴로 어쩔 줄 몰라 했다.

"오빠, 오빠."

"왜."

"……이게 뭐시여?"

무엇을 모르는지도 잘 모르겠다, 그런 의미일 것이다.

"치히로 누나한테 들었어. 너, 친구랑 도쿄 여행할 여비를 못 받았다면서."

"……전화했데?"

"그야 당연히 하지. 가출한 동생이 있는 곳을 알려줘야 하니까."

"정론으로 뚜들겨 패는 남자는 미움 받어."

무난하게 가슴에 꽂히는 소리를 한다.

"……그 친구들이 도쿄에 도착하는 게 내일이라는 것까지는 들었어."

"그래서 내일까지 돈이 필요하다고 말했어."

"…………."

여기까지 이야기를 들은 시로가네 씨는 고개를 작게 갸웃거렸다.

"그래서 '우리 집에는 그런 돈 없다'며 퇴짜를 맞은 게 불만이라 가출했나요? 그건 분명 안타까운 일이지만, 가정마다 경제 사정이 있을 거고……."

시로가네 씨에게는 아직 자세하게 설명 못 했는지, 그런 말을 했다. 지금 이야기한 사정만 들으면 그렇게 들리겠지만 실정은 약간 다르다.

"아뇨, 그, 맞긴 하지만 조금 다른데……."

그렇다, 다르다. 맞긴 하지만 다르다.

"'돈이 없다'는 말을 들었으면 오히려 납득할 수 있어요."

같은 집, 같은 경제 상황에서 태어나고 자라났기에 알 수 있는 것도 있다. 감정적이고 제멋대로이고 비논리적이고 사회에서는 허용되지 않는, 하지만 가족이기에 관철하고 싶은 이유.

"즉?"

"이 녀석도 철들었을 때부터 지금의 마츠토모 가에서 살고 있으니까, 자기 집에 돈이 없다는 것 정도는 알고 있어요. 하지만 친구의 권유를 받고 어쩌면 하는 마음에 밑져야 본전이라는 생각으로 물어봤겠죠."

"그럼……."

"하지만 거기서 할아버지가 얼버무린 거예요."

그렇다, 얼버무렸다. 혹은 거짓말을 했다.

"'쓸 데 있냐'라던가 '너한테는 아직 이르다'라던가……. 평소엔 그런 말 안 하는데 갑자기 그런 말을 해서."

"미오 씨는 일하면서 겪어서 이 느낌 알지 않나요?"

"……맞아. 견적을 냈는데 예산에 안 맞는 건 어쩔 수 없는 일이지만."

시로가네 씨도 실제로 보는 상황인지 뒷말을 이었다.

"거기서 자신의 체면을 차리려고 「네 견적의 완성도가 낮아서 발주 안 한다」는 말을 하면 신용은 확실히 떨어지지."

"조부모님도 나쁜 뜻이 있어서 그런 게 아닐 거예요."

그래도.

그게 '성의'다.

"그 정도는 말해줘도 괜찮은데……."

세상에는 '착한 거짓말'이나 '남에게 상처 입히지 않으려는 변명'이라는 말이 있다. 하지만 잘못 쓰면, 특히 거짓말이라는 것이 빤히 보이면 평범한 거짓말보다 더 자존심을 상처 입힌다.

"그래서 이걸 준비했어. 시간도 촉박하니까 빨리 끝내자."

미오 씨에게서 한 장의 문서를 받아 유우카에게 넘겼다. 네 장의 A4용지를 제본한 문서의 표지에는 '출자계약서'라는 제목이 인쇄되어 있었다. 유우카는 고개를 갸웃거리면서 받은 그것을 물끄러미 쳐다본 뒤에 고개를 들었다.

"이게 뭣이여?"

"출자, 즉 미오 씨가 너에게 돈을 빌려주기 위한 서류다."

"아니, 빚은……."

지지 않는 주의. 나는 그것이 철칙이라고 생각하고 유우카에게도 그렇게 가르쳐왔다.

하지만 모든 규칙에는 예외가 있다. 정말로 돈을 빌리고 빌려주는 것을 전부 금지하면 학자금도 못 빌리고, 엄밀히 생각하면 신용카드도 일시적인 빚이다. 그렇다면 그 선을 어디에 긋는가.

"이건 구두 약속으로 돈을 빌리는 것과 달라. 빌려주는 쪽과 빌리는 쪽에 엄연한 조건이 붙고, 그 조건에 합의했다는 것을 나타내는 서류를 작성해야만 하지."

"어…… 응?"

"네 장래성을 보고 개인적으로 투자하는 거야. 공부든 노는 것이든 자유롭게 쓰고 경험을 쌓아."

물론 미성년자의 계약에는 보호자의 동의가 필요하니, 미리 후쿠오카에 있는 치히로 누나의 허락을 받았다. 엄청 빨랐는데 어떤 교섭을 했는지는 못 들었다.

"그렇지만…… 일하지 않는 자 먹지도 말라고 하는데, 역시 돈은……."

돈 거래 때문에 인간관계가 무너졌다는 이야기는 너무 많아서 일일이 셀 수가 없다. 유우카는 인터넷으로 그런 이야기를 많이 보기도 하니 저항감이 있을 것이다.

"사고방식은 사람마다 다 다르다고 생각한다만."

그걸 전제로 두고.

"정년까지 샐러리맨을 한다면 그야말로 50년, 반세기나 일하는 게 인생이야. 그 전 단계에 있는 고등학생이 1주일 남짓 알바한 정도로 인생이 좋아지거나 나빠지거나 할 정도로 사회라는 건 간단히 구성되어 있지 않아."

"반세기……."

“학생일 때 돈이 없는 건 어쩔 수 없는 부분도 있지만, 학생일 때 돈이 없으면 쌓을 수 없는 경험은 잔뜩 있어. 일은 나중에 실컷 할 수 있으니까 지금은 지금이 아니면 할 수 없는 일을 해.”

높으신 양반은 젊을 때 고생은 사서라도 하라고 하지만, 그럼 살 돈을 내놓으란 말이다.

“이걸 빌리면 갚을 의무가 생겨. 빌린 것을 갚는 것은 당연한 일이지만, 그 당연한 일에 문서란 형태가 남아 책임이 생기는 거지. 이해돼?”

그것이 ‘어른’이다.

“합의되었으면 여기에 사인을.”

“어, 자, 잠깐만, 하나도 못 읽었는데.”

“어차피 읽어도 모를걸.”

“으에…….”

표지를 제외하면 서면으로 세 장이니 결코 못 읽을 리가 없지만, 이건 어디까지나 ‘공부’다.

계약서의 내용을 찬찬히 이해하는 공부는 언젠가 다시 하기로 하고, 오늘의 목적은 오히려 그 반대다. 계약서를 전부 꼼꼼히 읽으면 아무리 시간이 있어도 부족하다. 어중간한 지식으로 덤비면 전문가의 먹이가 되는 게 고작이다.

“사고는 멈추지 않으면서 신뢰할 수 있는 사람의 문서는 그대로 신용할 것. 그걸 양립하는 것도 사회인의 요령이야.”

“……어른이라는 건 의외로 설렁설렁하구먼.”

"어른의 시간은 귀중해. 자, 어떻게 할 거야."

펜을 줬다. 이유를 어떻게 붙이던 한 사람의 인간으로서 결단을 내리는 것은 유우카다.

"……알았어."

◆◆◆

"정말 도움이 되었어요."

유우카는 유키치 씨가 든 봉투를 받고, 인생 최고 금액의 현금을 가지고 걷고 있다는 사실에 거동이 수상해졌다. 우리는 그 모습을 뒤에서 지켜보면서, 이번 일의 답례와 경위 설명을 겸해 시로가네 씨에게 점심을 대접하기 위해 신주쿠 거리를 걷고 있었다.

"아뇨 아뇨, 도움이 되어서 다행이에요. 이 일은 뒷맛이 씁쓸한 것도 많아서……."

"아아……."

"이혼 조정이나 상속 문제의 밭으로 간 동기보다는 나은 편이지만, 뭐 이런저런 일이 있어서요. 이런 산뜻한 이야기는 개인적으로 고맙죠."

"뭐랄까, 할아버지의 친구 중에 케이크 가게를 하는 사람이 있는데요. 그 일의 좋은 점을 들은 적이 있어요."

"케이크 가게의 좋은 점 말인가요?"

"축하할 일이 있는 사람이 오니까 대화 주제가 대부분 밝다고 해요."

생일과 크리스마스는 정석인데다가 입학 축하에 졸업 축하에 취업 축하, 큰 건 웨딩케이크부터 작은 건 집 방문 선물까지. 경사스러운 일이 있으면 일단 케이크를 사러 가는 것이 일본인이다.

한편 변호사 사무소는 문제를 안고 있는 사람, 안을 것 같은 사람이 찾아가는 곳이다.

"그렇구나, 정반대네요."

"그런 거죠."

"아하하, 저도 어렸을 때는 제빵사가 되고 싶다고 말했었죠~. 매일 즐겁게 크림을 만들고 딸기를 늘어놓고 초코 플레이트에 이름을 써야지~ 라면서. 그런데 지금은 입건 사례를 만들고 자질구레한 규칙을 늘어놓고 계약서에 갑과 을의 이름을 쓰고……."

"……말씀이 능숙하시네요."

"감사합니다."

내 웨딩케이크의 상상도 같은 것도 그렸었지~ 하며 아련한 눈으로 중얼거리는 시로가네 씨.

어째서일까, 한여름의 신주쿠가 조금 시원해진 느낌이 든다.

"이, 일단 유우카가 좋아하는 것 같아서 다행이야."

옆에서 듣고 있던 미오 씨가 식은땀을 흘리며 끼어들어 와줬다. 다른 여자랑 이야기하고 있을 때, 항상 자기와 함께 있는 여자가 끼어드는 상황은 남자의 작은 로망이라고 생각하는데, 전혀 그런 느낌이 안 드는 건 왜일까.

"미오 씨 덕분이에요. 감사합니다."

"근데 유우카가 가출한 진짜 이유까지 잘 알아차렸네. 역시 남매이기 때문일까."

"그것도 있을지도 모르지만, 결정타가 된 건 저 녀석의 복장이었어요."

"복장?"

"미오 씨, 처음에 재를 초등학생인 줄 알았잖아요."

"사오토메 씨, 그건 심하지 않나요……."

"주, 중학생인 줄 알았는데?"

"고등학생일 거라고는 눈곱만큼도 생각 안 했다는 거네요."

하지만 그것도 어떤 의미에서는 틀리지 않았다.

유우카는 초등학생 때부터 키가 거의 안 자랐다. 그뿐이라면 그렇게 드문 일도 아니지만, 사람은 키가 자라지 않아도 '복장'이나 '화장'으로 어른의 외모로 변해간다. 거꾸로 말하자면, 그걸 못하면 '어른이 될 수 없다'.

"미오 씨의 집에 들어앉아 있을 때의 유우카는 초등학교 때와 똑같은 옷을 입고 있었어요."

"그 핑크색 티셔츠, 그렇게나 입었어……?"

"새로 살 수가 없는 거예요. 돈이 너무 없어서."

미오 씨와 시로가네 씨가 납득이 간 듯이 침통한 표정을 지었다.

미오 씨의 집에서 보리차를 마시고 있던 유우카의 옷은 5년 전과 똑같은 낡은 옷이었다. 도쿄에 오는 만큼 저 녀석이 가지고 있는 옷 중에서도 좋은 옷을 골라 왔을 텐데.

"아무리 어른이 되려고 해도 환경이 그걸 허락해주지 않으니까요. 그런 상황에 내면까지 애 취급을 당하면 반발도 하겠죠."

"……중학교나 고등학교 때 애 취급을 당하면 꽤 상처받겠지. 졸업하고 10년이나 지나서 거의 잊고 있었는데."

"저 무렵은 한 살 차이가 무거울 때니까요."

"지금 생각해보면 이상한 문화란 말이죠. 선배네 후배네, 그런 1년이나 2년 차이에 왜 그렇게 목숨을 걸었는지."

지금의 나는 시로가네 씨의 의문에 대한 확실한 대답을 모른다. 이유를 붙여서 설명하려면 할 수 있을지도 모르지만, 그것도 정확한 정답이라고 할 수는 없을 거다.

"이유가 어떻든 1년의 무게를 매일 절감하는 그런 세상에서 5년 동안이나 나아가지 못한 녀석이 오기로 도쿄까지 왔는데, 그런 녀석한테 수지가 안 맞는 알바를 시키고 '이게 사회 경험이다'라는 말은 못 하죠."

그러니 출자계약서. 그런 건 소꿉놀이 같은 것이라 취급하면 그걸로 끝이긴 하지만, 동서고금을 막론하고 아이가 어른이 될 때는 격식을 차린 통과의례가 있는 법이다.

그런 이야기를 하다 보니 목적지인 라멘집 '중화소바 호무라'가 이미 눈앞에 있었다. 신주쿠의 가게는 신주쿠 사람에게 물어보는 편이 좋으리라 생각하여 시로가네 씨에게 추천하는 가게를 물어봤더니 이 가게를 말했다.

과연, 격전지에서 살아남은 풍격이 느껴지는 모습이군.

"그런데, 여동생분은 후쿠오카에서 오셨다면서요? 좀 더 도쿄의 느낌이 담긴 게 좋지 않을까요?"

"오히려 라멘 가게는 후쿠오카가 더 많지 않나요."

시로가네 씨와 미오 씨가 신경을 써줬지만, 사실 후쿠오카 사람에게 있어서 이만큼 도쿄다운 식사는 없다.

"확실히 후쿠오카에는 돌을 던지면 라멘 장인이 맞을 정도로 라멘 가게가 많기는 하죠."

"그럼 역시 다른 요리로……."

"근데 그 모든 라멘 가게가 돈코츠 라멘 가게에요."

"모든 가게가?"

"돈코츠 이외의 메뉴가 메인인 가게는 한 곳도 없다는 뜻인가요?"

"정정할게요. 거의 모든 가게에요."

"그렇구나."

역시 변호사다. 애매한 표현을 놓치지 않는다.

"즉, 돈코츠 이외의 메뉴가 메인인 라멘 가게는 현 밖으로 나가지 않으면 쉽게 볼 수 없다는 말이군요."

"그리고 유우카가 라멘을 좋아하기도 하고요."

"그렇구나……."

당사자인 유우카는 시골 사람이라는 티를 팍팍 내면서 두리번거리며 우리의 몇 미터 뒤를 걷고 있었다.

"유우카~, 식권 살 거니까 골라~."
"예~."
참고로. 후쿠오카에서 도쿄로 와서 라멘 가게에 들어간 사람 중 아마 9할 정도가 놀랄 일이 한 가지 있다.
"……왐마 비싸라!!"
"비싸단 말이지~."
라멘 한 그릇에 600엔. 그런 감각으로 살아온 후쿠오카 사람이 보기에 도쿄 라멘의 가격은 약 2배이다.

“츠치야 선배, 저랑 같이해주세요.”

점심시간의 사무소.

사원 전원이 각자 가져온 선풍기가 풀가동 하는 가운데, 나는 옆에서 편의점 도시락을 2단으로 쌓아놓은 선배에게 내일로 다가온 일요일의 예정을 물어보고 있었다. 대각선 건너편 데스크에 있는 오오야마 씨가 어째서인지 엄청난 표정으로 이쪽을 봤다.

“뭐다냐 무라사키, 쇼핑이냐? 밥이냐?”

“보드게임이에요.”

오오야마 씨가 마시던 차를 뿜었다. 기관에 들어간 걸까. 괴롭겠군.

“갑자기 뭐시다냐. 보드게임?”

“전에 미오 씨와 모두와 함께 우노 대회를 했잖아요.”

“……했었지.”

츠치야 선배가 벌레를 씹은 듯한 표정을 하고 있었다.

벌레 씹은 표정. 이 관용구를 쓸 상황을 만난 건 이게 처음일지도 모른다.

“저도 이기긴 했지만, 승률로 보면 별로 좋지 않았어요.”

“알고 있지. 자~~~~알 알고 있제잉. 17시간 해서 1승이니께. 이 소셜 게임에서 SSR 뽑을 확률보다 낮으니까 말이여.”

도시락을 먹으면서 열심히 스마트폰을 본다 싶었더니 소셜 게임을 하고 있었던 모양이다. 화면에는 '……에서 도망치지 마'라고 입력된 채팅란이 보였다. 무엇으로부터 도망치는지는 안 보이지만, 아무래도 바쁜 것 같다.

방해하는 것도 미안하니 짧게 끝내자.

"전에 바다에 갔을 때는 성장한 모습을 보여줬다고 생각하지만, 역시 아직 승률이 충분하다고는 할 수 없어요."

"밤새 했는데 1승이니께."

"아무튼, 전 우노 이외의 게임에서 활로를 찾는 편이 좋겠다고 생각했어요. 그래서 이것저것 시험해보면 잘하는 것도 있을 것 같아서 몇 가지 장만했어요."

"호오."

"괜찮으면 내일 일요일이니까 제집에 오지 않으실래요? 덕분에 에어컨도 고쳤으니까요."

츠치야 선배는 "그건 좋지만" 하고 대답하면서 뭔가를 골똘히 생각했다.

"일요일에 스타트하믄 날짜가 바뀌기 전에 집에 못 갈 것 같은디. 수습이 안 돼서."

"그런 일은……."

있을지도 모른다.

"오늘 밤부터 시작혀?"

"죄송해요, 오늘 밤에는 부모님이 오실 예정이라."

"아아, 부모님이 계시면 됐어야. 방해하믄 안 되제."

"죄송해요."

"타이머 설정하고 하자."

대각선 건너편에 있는 오오야마 씨가 참가하고 싶은 건지 여우에 홀린 듯한 표정으로 이쪽을 보고 있었다.

여우에게 홀린 듯한. 이 관용구를 쓸 상황을 만난 것도 처음일지도 모른다. 모처럼이니 권유도 해봤지만 거절당했다. 뭐였던 걸까.

◆◆◆

"안녕하세요, 선배."

날씨도 좋은 일요일 아침. 시간에 맞춰 와준 츠치야 선배는 손에 하얀 비닐봉지를 들고 있었다.

"그랴. 자, 선물."

"일부러 고맙습…… 후쿠진즈케*?"

"어째 근처에 새로 생긴 카레집에 갔더니 허벌나게 받아버려서."

"허벌나게? 다섯 봉지나요?"

"허벌나게는 그거여, 엄청이나 잔뜩이라는 뜻이지. '허벌나게~' 라고 말하면 '엄청~'라는 뜻이제."

"그렇군요."

*절임의 일종. 무, 가지, 작두콩, 연근, 오이, 차조기 열매, 표고버섯 또는 흰 참깨 등 7종의 채소를 간장과 설탕과 미림으로 만든 조미액으로 담근 절임

"집에는 13봉지나 있어."

"……허벌나게 많구마~."

"아무래도 다 먹을 순 없응께, 두 봉지만 좀 받아주더라고."

카레 가게에서 후쿠신즈케를 나눠주는 것도 상당히 불가사의한 일이다. 집에서 카레를 하면 가게가 망할 건데. 일단 카레를 20번은 먹을 수 있을 법한 양의 후쿠신즈케를 냉장고에 넣고 게임을 준비한 방으로 선배를 안내했다.

"오늘은 모여 주셔서 감사합니다. 금일의 취지는……."

"컷."

"……이게 오늘의 게임입니다."

세 종류를 사뒀는데, 우선 하나를 꺼냈다.

지도, 카드, 말이 담긴 노트북 정도 크기의 상자다.

"'신주쿠악령사건'인가."

"아시나요?"

"아니, 처음 봐."

"이건 이른바 땅따먹기예요. 네크로맨서 팀과 야쿠자 팀으로 나뉘어서 신주쿠의 패권을 다퉈요."

신주쿠의 주민을 언데드로 바꿔 지배하려고 하는 네크로맨서들과 영역을 망치는 걸 용서하지 않는 야쿠자들의 항쟁을 모티브로 한 게임이다.

"……설명을 들어도 이해가 잘 안 되는 세계관이구만."

"이런 건 백문이 불여일견이에요."

백문이 불여일견. 이 관용구, 실제로 쓴 건 처음일지도 몰라.

"뭐, 일단 해볼까. 무라사키, 먼저 골라도 되야."

"그럼 전 네크로맨서인 루시로."

"그럼 난 야쿠자인 이나바…… 아니, 오니타츠 파로."

설명서에 따라 말을 지도에 늘어놓으면 준비 완료다.

"자, 게임을 시작해요."

이렇게 내가 잘하는 게임을 찾는 시도가 시작되었다.

게임 개시로부터 30분 후.

"'탄환 회피의 가호' 카드를 써서 가부키쵸 구역을 침공합니다. 이걸로 제 좀비에게 야쿠자의 탄환은 통하지 않아요."

"흠. 그럼 「편의점」 카드를 써서 요격해주지."

"가게 계열 카드는 「거기에 당연히 있는 물건」밖에 쓸 수 없어요, 선배. 좀비를 딱풀로 고정하고 주간지로 때리면 쓰러뜨릴 수 있을 줄 아세요?"

"전자레인지에 좀비의 머리를 쳐넣고."

"에?"

"조리, 부탁한다!"

"크, 클레임! 전자레인지는 문을 닫지 않으면 조리할 수 없어요!"

"당연히 문을 부수고 머리를 쳐넣어야제잉."

"윽."

"자, 이걸로 언데드 군단은 전멸이여~."

처음에는 반씩 점거하고 있던 신주쿠는 지금은 야쿠자 측을 나타내는 검은 말로 뒤덮여 있었다.

네크로맨서의 영역을 나타내는 녹색 말은 지도 옆쪽에 아무렇게나 쌓여있었다.

"……저기, 게임 상자에는 플레이 시간이 1시간~ 이라 적혀있는데요."

"30분 만에 끝나부렀네."

"표기 미스일까요."

"글쎄다. 그보다 대상 연령은?"

"15세부터예요."

언데드에 야쿠자라는 소재 때문일 것이다. 대상 연령이 살짝 높았다.

"그거 아니냐."

"예?"

"초등학생이 해도 이길 수 없다, 그 말 아니여."

"……? 일단 한 판 더 부탁드립니다."

10분 후, 다음 게임을 하는 도중에 내 키가 초등학생 정도라고 말한 것이라는 걸 깨달았다.

일단은 쿠션을 던져뒀다.

"아야, 무라사키."

“예.”
“재밌냐?”
“네, 상당히 심오해서 재밌어요.”
“그러냐, 그라믄 다행이구만.”
게임 대회를 시작하고 한나절이 지난 지금, 10판째 게임의 결착이 난 참이었다.
츠치야 선배가 전부 이긴 건 뭐…… 이런 일도 있겠지.
“근데 1시간을 넘기는 게임은 좀처럼 안 나오네요. 역시 표기를 틀린 게 아닐까요?”
“……무라사키, 모처럼이니까 다른 게임으로 안 할려? 응?”
“그럴까요?”
선배는 질려버렸는지 옆에 쌓아둔 게임이 있는 곳으로 눈길을 주고 있었다.
확실히, 시간은 무한하지 않다. 다음 게임으로 넘어가기에 적당한 시기일 것이다.
“두 개 더 있는데 어느 것부터 할까요?”
“뭔 게임이다냐?”
“하나는 「카와고에 상륙작전」이에요.”
사이타마현 카와고에시를 무대로 네크로맨서인 아비게일과 자위대가 싸움을 벌이는 땅따먹기 게임이다.
“다른 하나는 「음양무녀 vs 쇳덩이」에요.”
신비한 마을에 사는 무녀가 이세계에서 온 황금색 철의 기사와

숲의 토지를 두고 쟁탈전을 벌이는 땅따먹기 게임이다.

"무라사키, 땅따먹기 좋아하냐?"

"상당히."

"그르냐~, 전부 땅따먹기라 게임성도 비슷할 것 같구만~. 바보 야."

지금 바보라는 말을 들은 듯한 느낌이 들었다.

"아야, 바보 같은 것에도 정도가 있어야."

기분 탓이 아니었다. 역시 그렇게 말했다.

"잠깐만요, 아, 아무리 선배라도 해도 좋을 말이 있고 안 되는 말이 있다고요?!"

"뭣 헌다고 똑같은 것만 사왔다냐! 하나가 약하면 전부 약할 것 아녀, 시방!"

"헛?!"

그 생각은 못 했다.

"자기가 얼마나 바보 같은지 알았냐, 무라사키."

"또 바보라고 했어……. 그, 그렇지만, 삼세판은 해야 한다는 말도 있잖아요."

"두 번 일어난 일은 또 한 번 되풀이 된다고도 하지."

"그러니까 해보지 않으면 모른다는 거예요. 기운 내서 해봐요, 선배."

"좋은 노래도 세 번 들으면 질린다는 말은 안다냐?"

삼세판, 두 번 일어난 일은 또 한 번 되풀이 된다, 좋은 노래도 세 번 들으면 질린다.

전부 잘 알려진 말이지만, 실생활에서는 별로 듣지 못하는 관용구다. 쓸 상황을 만난 건 처음일지도 모른다.

일단 실증해보자는 방향으로 정해져 밤 10시에 타이머가 울릴 때까지 한결같이 게임을 했다.

딱 한 번 이겨서 기뻤다.

이날 저녁은 나흘 만에 미오 씨와 단둘이었다.

"유우카는 오늘 외박?"

"친구의 친척이 세이죠 근처에 사는 모양이라. 오늘은 다 같이 거기서 잔다고 해요."

요 몇 달간은 줄곧 이런 분위기였는데, 고작 며칠을 유우카와 지낸 것만으로도 조용하게 느껴지니 참 신기한 일이다. 미오 씨도 그렇게 느끼는지 오늘은 말수가 조금 많은 듯했다.

"……대단하네."

"뭐가요?"

"친구의 여행에 중간부터 합류한데다가 친척의 집에 묵는 거. 나는 상상이 안 돼."

"무슨 일이든 도중 참가는 여러 가지로 어렵죠."

"여행에 초대해줄 뿐만 아니라 도중에 참가하게 해주는 친구가 그렇게나 많다니, 도대체 어떤 학교생활을……."

"아, 거기서부터인가요."

시로가네 씨의 변호사 사무소를 방문하고 신주쿠로 가서 라멘을 먹은 김에 유우카가 좋아하는 애니메이션 영화의 모델이 된 건물 탐방(인터넷 용어로는 성지순례)으로 체력을 다 쓴 게 이틀 전 이야기.

무사히 군자금을 얻은 유우카가 정작 중요한 '친구와의 합류'를 할 수 있을지 조금 걱정되었지만, 내 동생은 경제 격차를 자신의 힘으로 커버하고, 밝은 고등학교 생활을 보내고 있었다. 가출에서 여행 중도 합류라는 고난도 커뮤니케이션을 무난하게 소화하고 어제오늘로 도쿄 관광을 즐기고 있는 듯했다.

"도쿄에 왔으면 마이하마에 있는 랜드나 씨에 가야 한다는 파와 줄 서기는 힘드니까 차이나타운으로 가자는 파의 파벌 싸움이 현안이래요."

"그건 둘 다 도쿄가 아닌 것 같은데."

"1,000km 떨어진 후쿠오카에서 보면 오차 같은 거죠."

"그래……?"

요코하마 근교에서 태어나고 자란 미오 씨 입장에서는 알기 어려운 감각일 것이다. 저녁으로 나온 소면 볶음인 오키나와 요리 소민참프루를 젓가락으로 든 채로 고개를 갸웃거리고 있었다.

"그건 그렇고 친구는 네 명이지? 유우카도 포함해서 다섯 명이 잘 수 있다니, 어떤 집일까."

"고급주택가니까요. 상당한 집일 거예요."

다만 그 점으로 딱 한 가지 걱정이 있는데.

"그 녀석, 숨은 제대로 쉴 수 있을까."

"……숨?"

"이렇게 좋은 집에서 숨을 들이쉬고 내쉬어서 이상한 냄새가 배면 어떡하나, 뭐 그런 걱정이죠. 저도 옛날에는 큰일이었어요."

이토시마시의 낡은 셋집에서 태어나고 자랐기에 짊어진 슬픈

운명이다. 집이라는 것은 반드시 매일 눈에 들어오는 만큼 그 영향은 크다.

"마츠토모 씨가 왜 혼자 이 맨션에서 살고 있는지 궁금하긴 했는데, 혹시……?"

"한 번쯤은 지은 지 10년이 안 된 넓은 집에서 살아보고 싶었어요."

거짓 하나 없는 대답에 미오 씨가 애매한 웃음을 지었다.

"말은 이렇게 해도 고향은 그리운 존재지만요. 자, 이 계란말이도 고향집의 맛이에요. 마당에서 기른 파를 썼죠."

"파가 꽤 많지만, 이것도 맛있……"

미오 씨의 말을 가로막듯이 스마트폰의 (이전에는 침실에 뒀지만 빈번하게 울려서 바로 옆으로 옮겨뒀다) 착신음이 울렸다.

"미안해, 잠깐 전…… 앗."

부주의하게 떨어뜨린 스마트폰에 손가락이 닿아서 낯선 표시가 떴다. 저건──.

'몇 번을 말해야 알아듣는 건가요?!'

"앗, 이런, 스피커 모드가."

'보고, 연락, 상담은 기본이잖아요! 긴장이 조금 풀린 거 아닌가요, 이러면 곤란해요, 사오토메 씨.'

뭐냐, 이건.

통화 상대의 목소리를 주위에도 들리는 음량으로 출력하는 '스피커 모드'. 의도치 않게 스피커 모드로 전환된 미오 씨의 스마트폰이 새된 남자의 목소리를 토해냈다.

'들립니까?! 듣기 거북한 건 제 말이 옳다는 걸 알고 있기 때문 아닌가요? 서로의 미래를 위해 이렇게.'

"와, 타, 타."

미오 씨는 소리를 키우기도 하고 줄이기도 하고 에코를 걸기도 하는 등 우왕좌왕 조작한 끝에 겨우 통상대화모드로 전환된 스마트폰을 귀에 대고 헛기침을 한 뒤에 말하기 시작했다.

"실례했습니다, 사오토메입니다. 잠시 손을 뗄 수가 없어서. 그래서 용건은…… 네? 그거라면 그저께 메일로 보냈는데…… 네, 찾으셨나요? 제목이 나빠요? 그것참……. 그래서 내용은 읽어주셨으면…… 구두로 말인가요?"

일에 대한 내용이라면 내 앞에서 이야기할 수 없다. 미오 씨가 침실로 이동하면서 겸연쩍은 표정을 보인 게 묘하게 마음이 좋지 않았다.

"다녀왔습니다~……?"

다행히, 라고 말해도 좋을지는 모르겠지만 통화는 5분 정도로 정리된 모양이다. 침실에서 거실로 통하는 문을 살짝 연 미오 씨가 엿보듯이 이쪽을 들여다봤다.

"마츠토모 씨, 스피커 모드 쓰는 편이야?"

"쓴 적이 거의 없네요."

"그렇지?"
"실수로 켜버리면 해제하는 방법을 몰라 초조해진단 말이죠."
"그렇지? 그런 경우가 있지."
"지금 통화한 사람이 그 새로운 거래처 사람인가요. 키부네 씨였죠."
"으, 응."
스마트폰 조작을 실수한 건 보고 있었으니 안다. 문제는 통화 내용이다. 상대가 미오 씨의 실수를 추궁하려고 했지만 아마 사실은…….
"대략 그건가요? '평소에 메일 확인과 연락 같은 건 안 하는 주제에 송신 미스가 있다면서 기고만장해서 전화했더니, 실제로는 자기가 못 본 것이다'는 패턴인가요?"
"전혀 대략적이지 않아……!"
"그렇죠. 그런 경우가 있죠."
몇 번이나 메일을 쓰게 만들고 말이야, 대머리 빼꾸기 놈.
하지만 회사 안에서 부하에게 하는 말이라면 몰라도 다른 회사의 거래 상대를 향해서 저 말투라는 건…… 아마 이게 처음은 아닐 것이다.
"설마 지금까지 온 전화도 저런 느낌이었나요?"
"매, 매번 그런 건 아니야. 그리고 일이니까 다양한 사람과 잘 어울려야 하고."
매번은 아니지만 드문 일도 아니란 거군. 그런 일로 매일 밤 매일 밤 전화가 오다니, 아무리 생각해도 정상이 아니다.

"……미오 씨는 어떻게 할 생각이에요?"

"이 정도는 괜찮아. 안건을 시작할 때는 허둥거리는 법이고 조만간 안정될 거니까."

"그건……."

이상하다, 대책을 세워야 한다. 그렇게 나오려던 말을 삼켰다.

난 미오 씨의 일에 대해 아무 말도 하지 않기로 했다. 그 결과가 어떻게 되든, 나는 책임을 질 방법이 없으니까. 명확한 범죄라면 이야기가 달라지지만, 미오 씨가 소중히 여기는 '일'이라는 세계에 무책임하게 발을 들이는 행위는 가볍게 생각할 일이 아니다.

"오히려 지금까지 해온 일들이 과하게 잘 된 거야. 업무에 문제가 있어도 주변에는 좋은 사람이 있었고, 결과도 좋게 나왔어. 그런 일이 평생 이어질 리는 없으니까."

"……그 대답은 비겁하지 않나요?"

어디까지나 업무의 일환이다.

그렇게 말하면 난 아무 말도 할 수가 없다. 여기서 '친구로서 걱정된다'는 말을 하면, 그건 고용이라는 형태로 유지되고 있는 신용을 버리는 행동이 된다.

미오 씨도 그걸 알고 있고, 내가 그러지 않을 것을 믿고 있어서 그렇게 말했겠지. 그렇게 해서까지 고집을 부리는 건 대체 왜일까.

"자, 밥 먹자, 밥."

"……된장국, 따뜻한 걸로 가져올게요."

그렇게 식사를 재개해도 식욕이 날 리가 없는데.
이날 미오 씨는 처음으로 저녁을 남겼다.

◆◆◆

"그러고 보니, 요즘은 전만큼 어린애처럼 퇴행하는 일이 줄었네."
다 먹은 식기를 씻으면서 수도 소리에 말소리를 숨겨 혼잣말했다. 미오 씨는 피곤해졌는지 이미 침실에서 쉬고 있었다.
아까 전의 전화도 문제지만, 이전의 미오 씨라면 이런저런 이야기를 더 해줬을 것이라 신경 쓰였다. 실제로 별로 중요하지 않은 용건으로 전화하는 상대에 대해 불평한 적도 있다.
"이 변화가 언제부터였나……."
역시 유우카가 온 뒤부터일 것이다. 처음엔 고등학생 앞이라 허세를 부리는 것인 줄 알았는데, 유우카가 없는 오늘도 변함이 없었다. 심경의 변화일까.
"그렇게 됐는데, 어떻게 생각해?"
'그 전에 한 가지 보고할 게 있는디.'
"뭐냐."
'회사에 에어컨 있잖여?'
"그 낡아빠진 거 말이지."
'고장이 나부러서 안 움직여서.'
"와, 큰일 아니냐."

'오늘 수리업자가 올 예정이었는데, 무슨 착오 땜시 연기돼부렀어.'

"죽지 마라, 츠치야. 살아라."

이러저러하여 미오 씨에게 잘 자라고 하고 내 방으로 돌아왔을 때 우연히 전화해준 츠치야에게 미오 씨에 대해 상담해봤는데, 까딱하면 목숨이 위험한 수준으로 심각한 정보가 들어왔다.

'나는 뭐 어떻게든 하고 있지만, 무라사키가 녹아부렀어. 이번 주 안에는 반드시 고친다고 하는디 그때까지 버틸지 어찌 될지.'

"생물은 작으면 더위에 잘 견딘다고 생물 시간에 배웠는데, 믿을 게 못 되나 보네……."

몸의 표면적이 커져서 방열에 유리하다고 한다. 시베리아 호랑이보다 인도의 벵골 호랑이가 더 작은 것도 그 때문이라던가.

'그래서 사오토메 씨 말이여. 그야 귀찮은 사람이 다섯 명이나 열 명쯤은 있겠다마는, 아무 말도 안 하는 건 확실히 신경 쓰이는구만.'

"동생이 온 뒤부터 두드러져서 말이야."

'아아, 유우카라고 했냐. 그 활력 덩어리 같은 애.'

"그런 느낌이냐?"

편도 차표로 가출해서 수돗물과 전병과 142엔에 의지하여 도쿄까지 온 여고생. 확실히 활력은 있는 편일지도 모르겠다.

'있는 편을 넘어서 상당하제잉. 처지가 너무 딱해서 기가 죽었당께.'

"그야 형편이 좋은 편은 아니지만."

"17살 먹은 가시내가 그런 발상과 행동을 할 수 있는 환경이자네. 실례지만 상식에서 좀 벗어나 있제."

"그렇게까지 말하는 거냐?"

청춘18티켓도 그렇고 심야영업을 하는 햄버거 가게도 그렇고, 그런 시스템이 있는 건 엄연한 사실이다. 유우카는 그 시스템을 쓰느냐 쓰지 않느냐 중에서 쓰는 것을 골랐을 뿐이다.

'보통은 선택지에도 안 들어가. 맛츠도 같은 집에서 자랐으니께 모르는 걸지도 모르겠지만, 어설픈 드라마보다 불행하단 말이여, 동생은.'

"그런 거냐……?"

유우카도 참 큰일이다, 정도로 생각하고 있었는데. 츠치야조차 이러면 혹시 미오 씨와 내가 유우카를 바라보는 시선에 차이가 있는 건가. 유우카가 온 뒤의 변화와 상관이 없다고는 단언할 수 없다.

'맛츠?'

"아아, 미안 생각하고 있었어. 그래서 그쪽 용건은? 에어컨이 고장 났다고?"

무심코 미오 씨에 대한 상담을 늘어놓았지만, 원래는 츠치야가 건 전화였다. 상대의 용건을 듣는 게 먼저다.

'에어컨은 중대사라고.'

"아니 뭐, 그렇지만. 그 정도면 새삼스럽다고 해야 할까……."

노골적으로 말하자면, 그 회사에서는 한여름에 에어컨이 고장 나는 것보다 더 그렇고 그런 일이나 저렇고 저런 일이 일어난다. 사장이 바뀌어 개선되어 가고 있다고는 하지만 에어컨만으로 전화하는 것도 위화감이 느껴지는데.

'뭐, 메인은 에어컨인데 덤이 있어야.'

"덤?"

'사장의 후임 인사가 정해져서 아부라맨이 어딘가로 갔습니다.'

사장 생각을 하고 있었더니 사장 이야기가 나왔다. 우연의 일치.

"후임이 정해질 때까지는 일단 자리가 있었던 건가. 뭐, 인수인계 차원인가."

'있기만 할 뿐이지만 말이다. 지금은 당연히 부사장이 사장이 됐제.'

그런데 어딘가로 갔다는 것도 애매한 이야기다. 재판을 벌이는 사태는 일어나지 않고 끝난 듯했지만 어디로 간다는 걸까.

"쿠치키 전 사장은 뭐 하고 있어?"

'진짜인지는 모르겠지만, 경영 컨설턴트로 자리 잡았네 뭐네 하는 소문이 있더라고.'

"경영 컨설턴트라고?"

경영 컨설턴트는 회사의 경영이 잘되도록 조언하는 사람을 말한다. 회사 전체 일에 참견하는 경우부터 과 단위로 계약해서 일하는 경우까지 다양하게 있다고 하는데, 어느 쪽이든.

"회사를 망하게 할 뻔한 사장이 뭘 생각하는 거냐. 반면교사인가?"

'그러니께네 소문이랑께.'

"아니 땐 굴뚝에 연기 나랴 라는 말이 있는데……."

그 사람의 말대로 움직이는 부서가 일본 어딘가에 있을지도 모른다는 것은 상당히 공포스러운 일이다. 하지만 그런 권력구조의 변화가 있었다면 진퇴가 궁금한 인물이 한 명 더 있다.

"대머리 빼꾸기…… 아니, 벼랑 끝 대머리는?"

쿠치키 전 사장의 딸랑이이며 권력을 방패 삼아 멋대로 하던 대머리 빼꾸기였다가 가발 빼꾸기였다가 어긋난 빼꾸기였다가 다시 한번 대머리 빼꾸기로 돌아왔다가 벼랑 끝 대머리가 된 하야카와 과장. 나의 전 상사인데 전 사장이 회사에서 완전히 분리되었다면 그의 입지도 위험할 것이다. 어떻게 되었을까.

'아부라맨 사변으로 시작된 거래 있잖여.'

"……미오 씨가 가져온 거래이자 아부라맨이 트러블을 일으킨 거래, 그렇게 불리고 있냐. 그래서?"

'그 거래처에 빌붙어서 중개역으로 자리 잡았더라고. 사람들이 부르길 「대머리 문」.'

"호오."

그렇군, 그거 교묘하네. 실제로 거래와 관련되는 곳은 자기 부서니까, 그걸 이용해서 거래처와 친해져 회사 간의 중요한 연락은 자신을 거치지 않으면 못 하도록 한 건가. 딸랑이의 생활 방식에도 축적되는 노하우가 있는 모양이다.

"존경은 못 하겠지만."

'글지.'

"뻔뻔한 거랑 끈질긴 건 배우고 싶다."

'사오토메 씨도 저만치 뻔뻔하게 살면 좀 더 편할 텐데 말이여.'

"대머리 뻐꾸기랑 미오 씨를 겹치지 마. 꿈에 나올라."

'너무 잔혹했네, 미안허다.'

실제로 미오 씨는 사람과의 관계에 대해서는 섬세한 면이 있다. 살기 어렵다고 말하면 막연하긴 하지만, 그런 걸 안고 살아온 것은 확실할 것이다.

'헤아려주길 바란다고 슬쩍 어필하는 여자보다는 훨씬 낫지만.'

"그게 뭐냐."

'확실하게는 말을 안 하는디 그럴듯한 말을 하거나 사진을 막 올리거나 해서 에둘러~~~~~~서 어필하는 여자를 말하는 것이여. 요즘엔 인터넷에서 이따금 화제가 되고 있더라고.'

"잘 이해가 안 되는데……. 예를 들면?"

'예를 들면 말인가. 「나한테 접근하고 싶어지는 건 어쩔 수 없는 일이지만, 남자친구 있으니까 그만둬. 돈 많이 버는 남친이야. 겸손하니까 자랑은 안 하겠지만」이라는 말은 입 밖으로 안 꺼내는데 헤아려주길 바라는 여자가 있다고 치면.'

"벌써부터 귀찮아."

'오질라게 비싼 밥집에 가서 반대편에 있는 다른 한 사람분의 식기가 살짝 찍힌 사진을 올리는 것이제.'

뭐냐, 그 성가신 인종은.

"……미오 씨랑은 정반대네."

'아~.'

미오 씨는 다른 사람의 배려를 받으려 하지 않는다. 더 말하자면, 배려를 받을 수 있다는 생각을 안 한다.

"배려를 받자는 생각을 할 수 있을 정도로 어리광을 잘 부려도 직설적으로 말할 수 있을 정도로 뻔뻔하지도 않은 사람이니 말이지~."

'그런 것 같네.'

처음 미오 씨와 만난 날. 상당히 절망적인 상황이었는데도 불구하고, 내가 재촉할 때까지 그 사정을 이야기하려고 하지 않았던 미오 씨의 모습은 잘 기억하고 있다. 다른 사람에게 폐를 끼치면 안 된다, 폐를 끼치지 않도록 하자, 상대에게는 자신을 도울 이유 따위는 없으니까. 미오 씨의 근저에는 그런 생각이 있다.

"그렇게 생각하면 밤에 그렇게 되는 시간도 필요할지도……."

밤에 그렇게 되는 시간, 즉 어릴 때의 미오 씨. 자신의 감정에 솔직하고 욕구를 숨기지 않고 하는 말은 진실한 '어린이로서의 시간'이 미오 씨에게 있어서는 무언가를 발산하는 것일지도 모른다.

"어릴 때의……."

'맞츠?'

유우카라는 사람을 안 것. 어린 시절의 자신을 겹쳐 본 것.

자기 이상으로 딱하다고 느낀 것.

어쩌면. 어디까지나 가능성이지만, 어쩌면.

"미안, 츠치야, 잠깐 끊을게."

'급한 일 생겼다냐? 뭐한데?'

무엇을 하느냐는 말을 들으면 대답하기 어렵다. 그래도 굳이 대답한다면.

"무엇을 할지 생각할 일이 생겼어."

'……맛츠.'

"왜?"

'요즘에는 시방 헌팅을 혀도 더 나은 방법으로 거절을 할 것이다.'

"미오 씨, 기운 없어?"

"어어, 이런저런 일이 있는 것 같아서. 식욕 없어서 푸딩은 유우카한테 주라고 했으니까 그 푸딩은 맛을 음미하면서 먹어."

"알았어."

다시 다음날, 시간은 티타임. 친구의 친척 집에서 갈아입을 옷을 가지러 돌아온 유우카에게 푸딩을 줬더니, 경위를 물어 이런 이야기를 하게 되었다.

"어떻게든 하고 싶다는 생각은 하지만, 내가 업무에 대해 참견해도 별 도리가 없으니 말이야."

"미오 씨, 뭣땜시 저래 됐데?"

"이건 어디까지나 내 예상이니까 다른 사람한테는 얘기하지 마라?"

"말 안 할게."

"자신이 유복하다는 생각이 들었기 때문이 아닐까 싶어."

더 정확하게 말하자면 자기보다 불행한 처지에 있는 사람을 실감하고 이해한 것으로 인해 자신이 굉장히 복 받은 사람이라고 생각하게 되었다고 말해야 할까.

나는 최근 미오 씨의 모습을 보고 그렇게 생각하고 있다.

"……그게 뭔 소리데?"

"미오 씨한테는 우리 같은 사람은 어디 먼 세상의 인간이었던 거겠지."

"우리 같은 사람이라니?"

"매일 막차 시간까지 일하는 악덕 기업의 사원이라던가, 마당에서 기른 파를 먹으며 절약해도 아이가 도쿄에 갈 돈조차 내주지 못하는 가정이라던가."

"……?"

감이 안 잡히는 것 같으니 예시를 생각했다.

"유우카, 너 급식에서 싫어하는 게 나왔을 때."

"전부 좋아했는디."

"장하네."

"흐헤헤."

급식 같은 하등한 것은 가려서 먹는 편이 멋있다고 생각하는 풍

조가 일부 여자들 사이에서 발생하는 그 현상은 대체 뭘까.

"그럼 몇 년이나 새 옷을 못 받았는데 '개발도상국의 가난한 아이들은 입을 것조차 없다'는 말을 들으면 바로 납득할 수 있어?"

"못 허지."

"왜? 그런 사람들이 있는 건 알고 있잖아?"

"그렇지만 역시 본 적도 없는 사람들이고……."

"미오 씨에게는 우리가 그런 존재였던 거야."

정말로 그렇게 느꼈다고 해도 미오 씨를 오만하다거나 방자하다고 말할 수는 없다.

누구든지 자신의 인생을 필사적으로 살고 있다. 엮일 일도 없는 사람까지 걱정하라는 것도, 아무것도 모르는데 멋대로 걱정하는 것도 아무것도 생각하지 않는 것보다는 훨씬 오만한 일일 것이다.

"물론 '그런 집안이 있다'는 건 알고 있었겠지만, 어디까지나 신문이나 뉴스 속의 존재였던 게 아닐까."

"아~……. 오빠 보면 겁먹겠네~."

"너도 마찬가지야. 미오 씨는 유우카를 보고 느꼈을 거야. '돈에 대한 불안이 없는 가정에서 태어나고 주말은 쉬고 저녁 시간에는 집으로 돌아올 수 있고 여름에는 연휴를 받을 수 있는 자기는 너무 복을 받았다'고 말이야."

"그게 그렇게 된데?"

"그런 사람이야."

자기는 유복하니까. 가까이에도 계속 어려운 환경에 있는 사람이 있으니까.

그러니 사소한 일로 불평하는 건 사치스러운 일이다.

“그렇게 생각해서 마음속에 이것저것 담아두고 있다, 그 말이여?”

“일은 아무리 잘 돼도 어딘가에서 스트레스가 쌓이는 법이야. 그런데 ‘이 정도 일로 불평할 수는 없다’면서 쌓아두면 식욕도 떨어지겠지.”

“……그렇다는 건 내가 와서 그렇게 됐다는 것이여?”

“계기가 된 걸지도 모르지만, 미오 씨에게 있어서는 언젠가 부딪칠 벽이었겠지.”

“그런가……. 난 불행한 애지만 나름 밝게 살고 있어야. 더 줘.”

스스로 그렇게 말하면서 푸딩을 먹는 손은 멈추지 않는 걸 보니, 역시 미오 씨와는 성격이 대조적일지도 모르겠다.

“빅 푸딩을 아무렇지 않게 더 달라고 하지 마. 그래서 오늘 밤에는 어떡할 거야? 친구는 내일 후쿠오카로 돌아가잖아.”

오봉의 혼잡을 피해 도쿄에서 놀고 귀경길의 혼잡함에 휘말리기 전에 돌아가는 여정이라고 들었다. 숙제가 안 끝난 애도 있어서 필사적이라나.

“오늘 밤은 다 같이 자고, 난 여기에 좀 더 있을까. 돈 안 드니께.”

“드는데. 식비만으로도 상당한 금액이 드는데. 애초에 남아서 뭐 할 생각이야.”

“안 정했는디.”

"그야 가출했으니까 집에 가기 껄끄러운 건 이해하지만, 언제까지고 질질 끌어도 별 도리가 없을 건데."

"……오빠는 내가 있으면 방해돼?"

눈을 내리깔면서 그렇게 물어봤다. 왜 거기서만 살짝 조심스러워지는 거냐.

"그렇진 않지만 유우카도 심심하잖아."

"그럼 있을래."

이 문맥에 '그럼'은 맞지 않다는 느낌이 들었다.

"참고로 유우카, 너 숙제는?"

"……끝났는디?"

왼쪽 위는 안 보고 있으니 거짓말은 안 하는 것 같다.

"엄밀하게는 친구와 분담해서 자기 분량을 끝낸 형태로군?"

"우째 그걸……!"

"그야 당연히 네 발상이 초등학생 레벨이니까."

"……또 애 취급하네."

"무슨 말을 하건 20살을 넘기기 전까지는 법률상으로 '아이'다."

"Boo! Boo!"

"시끄러워. 친구랑 만나기로 약속했지? 빨리 필요한 옷 가지고 와."

"아, 시간 위험해!"

"……역시 애란 말이지, 저건."

서둘러 자신의 짐으로 달려가는 유우카의 등을 보고 솔직하게 그렇게 생각했다.

아이. 자신의 감정에 솔직하고 망설이지 않고 불만을 말하니까 아이다. 그렇다, 아이와 어른의 차이 중에는 얼마나 불평을 할 수 있느냐가 있다. 또는 불평할 수 있는 상대가 있느냐.

"미오 씨도 어렸을 때는 좀 더 솔직하게 털어놨겠지."

아아짱 건으로 미오 씨의 과거를 조금 접했다고 해도, 내가 미오 씨의 어린 시절에 대해 알고 있는 것은 아주 조금이다.

들은 이야기를 종합하면 미오 씨의 전환기가 된 것은 초4 무렵일 것이다. 그쯤부터 집의 관리가 엄해진 데다가 친한 친구였던 미카코의 배신도 있어서 고립되어 갔다.

하지만 나는 그 이전의 미오 씨가 어떤 아이이며, 무엇을 좋아하며, 무엇을 했는지를 하나도 모른다. 유일하게 미오 씨에게서 들은 것이 있다면.

"……어머니가 특별한 날에 만들어준 유바가 들어간 계란말이, 인가."

"이걸로 뭐가 바뀔지는 모르겠지만……."

슈퍼에서 산 재료를 늘어놓고 혼잣말했다. 미오 씨는 일하는 중인 이 시간, 평소라면 청소나 광고우편 정리에 쓰는 시간에 나는 부엌에 서 있었다.

조리대 위에는 계란, 설탕, 소금, 간장, 육수.

그리고 유바.

"만들 수 있는 만큼 만들어볼까."

유바가 들어간 계란말이. 미오 씨의 추억의 맛.

좋아하는 푸딩도 넘어가지 않는다면, 내가 생각할 수 있는 음식 중에 미오 씨가 먹어줄 것 같은 건 이것밖에 없다. 하지만 만들려고 해도 힌트는 거의 없고, 어쩌다 재현했다고 해도 미오 씨의 문제가 해결되는 건 아니다.

하지만 미오 씨는 '일은 순조롭다'라고 말했다.

그렇다면 내가 할 말은 없다. 지금은 그저 할 수 있는 일을 하고자 한다.

"우선은 계란을 풀고 조미료를 섞는다."

두 개 분의 계란을 볼에 깨 넣고 노른자를 터뜨린다. 조리용 젓가락을 빙빙 돌리는 것이 아니라 좌우로 왕복시켜 흰자를 자르듯이 섞는다. 이렇게 하면 노른자와 흰자가 균일하게 섞여 외관도 식감도 좋은 계란말이가 된다. 오믈렛을 할 때는 더 균일하게 섞기 위해 거품기로 철저하게 섞기도 하지만 계란말이라면 입자를 조금 남겨두는 편이 오히려 악센트가 된다. 나도 미오 씨도 그렇게 하는 것을 좋아한다.

만들어진 계란물을 구석에 두고 병행해서 끓여둔 물을 볼에 옮긴다.

"여기에 자른 유바를 넣고."

두부를 만들 때, 두유를 가열하는 공정에서 표면에 생기는 하얀 막 상태의 소재가 유바다. 보통은 말린 상태로 팔리고 있으며, 그걸 뜨거운 물로 불려서 다양한 요리에 쓰거나 회처럼 그대로 먹는 것도 가능하다. 이때 뜨거운 물에 베이킹소다를 살짝 넣어 알칼리성으로 만들어두면 균일하게 탱글탱글해진다.

"불린 유바를 물에 씻고."

베이킹소다에는 쓴맛이 있으니 불린 뒤에는 물로 씻어준다. 여기까지는 기본적인 방식이니 아마 재현이 되었을 것이다.

"계란물에 유바를 섞고, 일단 이걸로 해볼까."

요컨대 이전에 만든 파를 넣은 계란말이와 똑같은 방식이다. 뭔가가 들어간 계란말이라면 먼저 생각나는 방법일 것이다.

"식용유를 두른 계란말이팬을 불에 올리고, 계란물을 한 방울 떨어뜨렸을 때 바로 굳을 정도로 뜨거워지면 계란말이팬 바닥이 가려질 정도로 계란물을 붓는다. 막이 생기면 말고, 생겨난 공간에 다시 바닥이 가려질 정도로 넣고……."

익으면 말고 익으면 말고. 이걸 반복해서 계란물을 다 쓰면 완성이다. 전용 팬을 쓰는 것에 익숙해야 하는 데다가 많은 공정도 많고, 무엇보다 말다가 한 번 쏠리면 두꺼운 부분과 얇은 부분이 생겨서 츠치노코*처럼 되기 일쑤. 계란말이는 도시락 반찬의 정석으로 삼기에는 너무 손이 많이 간다고 늘 생각한다.

난 경험을 쌓은 보람이 있어서 츠치노코처럼 되지는 않을 것 같다. 그래, 눈앞에 있는 이것을 비유하자면.

"……볼 파이톤이려나?"

볼 파이톤. 혹은 공비단뱀. 흰색, 노란색, 검정색의 얼룩무늬가 특징인 독 없는 뱀이다. 동물원의 파충류 코너에 자주 있으며 애완동물로서도 꽤 인기라고 한다.

츠치노코는 아니지만, 공비단뱀이 됐다.

"그런가, 섞으면 표면에도 유바가 튀어나와서 이렇게 되는 건가."

이전에 본 미오 씨의 졸업앨범에서 봤던 계란말이는 적어도 이렇게 얼룩덜룩하게 생기진 않았었다. 맛 이전에 외관부터 재현하지 못했다.

"유바를 섞지 말고 말 때 같이 넣어야 하나. 그리고 크기도 포인트지. 어린이용으로 만들었으면 얇은 편이었을지도 모르고. 아니, 미오 씨도 어른이 됐으니까 먹었을 때의 감각을 일치시키려면……."

그렇게 시행착오를 거치기를 1시간. 시험 삼아 만들기 시작한 뒤부터 먹는 양에도 한도가 있다며 테이블에 늘어놓은 10개의 계

---

*미확인 생물체. 몸통이 뭉툭하고 꼬리가 얇으며 몸길이가 매우 짧은 뱀이다

란말이를 앞에 두고 생각을 거듭한 나는 결론을 얻었다.

"……무리군."

약속된 결과다.

"유바의 양이 너무 많으면 유바의 식감만 느껴지고, 너무 적으면 넣는 의미가 없어지고……. 그리고 술이나 미림이나 맛간장 같은 게 들어갈 가능성도……."

단서가 없다. 아무튼 단서가 없다.

다른 가정에서 20년 전에 만들어지던 요리다. 조금 특별한 날에 만들었다는 조건을 비추어보면, 가정 밖에서 먹은 적이 있는 사람 자체가 상당히 적을 것이다.

"역시 미오 씨에게 시식해달라고 하는 수밖에……. 아니, 안 돼."

이런 식으로 신경 쓰게 만들었다는 것을 알고 기뻐하는 사람은 없을 것이다. 할 것이라면 완성할 때까지 미오 씨에게 비밀로 해야 한다.

그렇다고 해서 나 혼자서 계속 만들어도 이 이상의 진전은 기대하기 어렵다는 것 또한 사실.

"미오 씨 이외에 미오 씨네 집의 계란말이의 맛을 알고 있는 사람이……."

그렇게 상황에 잘 맞는 사람이 그렇게 흔할 리도 없다. 어릴 때의 미오 씨를 잘 알고, 도시락을 교환할 정도로 친밀했던 사람은…….

"있네."

있었다.

졸업앨범에서 미오 씨한테서 계란말이를 받는 모습이 찍힌 사람이.

잘하면 아직 스마트폰의 통화 이력에 남아있을 사람이. 문제가 있다고 한다면, 어떻게 잘 봐줘도 친구에게 거는 느낌으로 전화할 수 있는 사이가 아니라는 점인데.

전에는 꽤 허세를 부리면서 헤어져서 다시 마주칠 생각만 해도 상당히 거북했다.

"……아니."

사람은 거북함으로 죽지 않는다. 사람은 밥을 먹지 않으면 죽는다. 나는 어떤 문학작품의 글귀를 떠올리면서 통화 버튼을 탭했다. 콜 소리는 세 번, 시간으로 치면 5초 정도 지나서 통화 시작을 알리는 전자음이 울렸다.

"뭔가요. 인형이라면 돌려줬잖아요."

"오늘은 다른 일이에요."

전화 상대가 나라는 것을 알고 있는 첫 마디. 전화번호를 제대로 연락처에 등록해둘 정도로 꼼꼼한 성격인 듯하다. 맛에 대한 기억을 묻는 지금, 그 꼼꼼함이 고맙다.

"연락처에서 지우고 잊고 있었어. 그래서 무슨 용건이지? 말해두겠지만 미오한테서 뭔가를 빼앗은 건 그 여우가 처음이자 마지막이야."

"뭘 내놓으라는 얘기는 아닌데요."

"그럼 뭐야?"

서로 입에 발린 말을 할 만한 의리도 없다. 단도직입적으로 간다.

"와타라세 씨가 도와줬으면 하는 요리가 있어서요."

'부탁을 할 거면 이름 정도는 기억해주지 않을래? 마츠모토 씨? 와타라세는 옛날 성이고 지금의 이름은 이시지마.'

이시지마 미카코. 옛 이름, 와타라세 미카코. 초등학교 시절의 별명은 '미카'.

"이름을 잘못 부른 건 똑같잖아요. 제 이름은 마츠토모예요."

'쌤쌤이잖아?'

미오 씨의 소꿉친구이자 미오 씨가 다른 사람과 관계를 잘 맺지 못하게 된 직접적인 원인이라고도 할 수 있는 인물은 굉장히 불쾌하다는 듯이 그렇게 말했다.

◆◆◆

"초4 때의 미오?"

"네, 그쯤에 집이 엄격해졌다고 들어서요."

미오 씨의 고향집 이웃이자 초등학교 시절의 소꿉친구이지만, 바꿔 말하면 그뿐인 그녀에게 '사오토메 씨네 집의 계란말이를 만드는 법을 가르쳐달라'고 말해도 '모르는데' 의외의 대답이 나올 리가 없다. 미오 씨 본인에게 물어볼 수 없는 사정도 포함해서 결국 전부 이야기해야 한다면 순서를 따라 말하는 편이 나을 것이다.

그렇게 생각해서 시작한 이야기는 미오 씨에게 있어서 전환기가 된 연대에 접어들고 있었다.

'확실히 그 무렵의 사오토메 씨네 집은 혼란스러웠던 것 같은데. 다른 집의 가정 사정 같은 걸 줄줄 늘어놓을 수 있을 리가 없잖아.'

"거기까지 물어볼 생각은 없어요. 그저 아야쨩 인형을 도둑맞은 사건과 시기도 부합되는 게 신경 쓰여서요. 뭔가 관계가 있지 않을까 싶어서."

'……그걸 범인한테 물어보는 거야?'

"달리 물어볼 사람이 없어서 말이죠."

'빈정대는 거면 끊을 건데.'

"서로 번거롭게 빈정거리는 사이도 아니잖아요."

'그것도 그렇네. 당신은 생리적으로 싫어.'

"기가 막히는 우연이네요, 저도예요."

어떻게 발버둥 쳐도 친해질 수는 없지만, 나로서는 그녀에게 물어보는 것 외에는 선택지가 없고, 상대는 나와 미오 씨에게 다소의 부채감이 있으니 함부로 무시할 수도 없다.

이 통화는 정말 미묘한 밸런스로 성립되고 있다.

'그래서 내가 인형을 가져간 거랑 미오네 가정 사정의 관계가 있냐고? 뭐, 전혀 없다고는 할 수 없을지도.'

"무슨 의미죠?"

'갑자기 부모의 교육방침이 바뀌면 그때까지 살 수 있었던 물건

도 못 사게 되고, 할 수 있었던 것도 못 하게 되잖아?'

"네, 볼 수 있는 텔레비전 방송이나 읽을 수 있는 잡지도 바뀌겠죠."

미오 씨와도 그런 이야기를 했다. 고등학교를 나올 때까지 화장하는 것도, 유행을 따르는 것도 허락하지 않았다고.

'그런 거야.'

"……아아, 그렇구나. 교내계급이라는 건가요."

교내계급, 학교 내 격차를 나타내는 용어.

학교의 반 안에는 다양한 그룹이 있으며 학생들은 그중 한 곳에 소속되는 것이 일반적이다. 대체로 입장이나 발언력의 세기에 해당하는 '교내계급'이나 '1군, 2군'이라고 불리는 신분적인 상하관계가 있으며, 더 나아가서는 같은 계층 안에서 몇몇 그룹의 분화가 자연스럽게, 혹은 인위적으로 발생한다.

특히 여자아이는 그런 경향이 심하다는 이야기는 자주 듣는다.

'그때까지 따라갈 수 있었던 그룹 안에서의 화제도 놀이도 갑자기 못 따라오게 되잖아?'

"……그렇겠죠. 당시에는 와타라세 씨도."

'이시지마.'

"이시지마 미카코 씨도 미오 씨와 같은 그룹에 있었죠. 거기서 미오 씨만 탈락했다는 건가요."

'그런 거야.'

그렇게 있을 곳을 잃으면 반 안에서의 지위도 발언력도 땅에 떨어진다. 기다리고 있는 건 고립뿐이다. 거기까지 생각하고, 난 조금 전까지 여기에 있던 꼬마의 얼굴을 떠올렸다.

"지금 제 여동생이 도쿄에 와있어요."

'뭐? 무슨 소리야?'

"제집도 상당히 가난한데, 동생의 친구 그룹 안에서 여행을 가자는 이야기가 나와서요."

요약해서 지금까지의 경위를 이야기했다. 여비를 변통해내지 못한 일, 완행열차로 거의 노숙하면서 도쿄까지 온 일.

'그거, 미오는 알고 있지?'

"네."

'상당히 귀여워하고 있지 않아? 고양이였으면 털이 다 빠질 정도로.'

"이래저래 해서 6자리 숫자의 현금을 내줬어요."

'미안, 좀 상상 이상이었어. 그룹 안에서 자기만 여행도 노래방도 못 간 걸 그렇게 마음에 두고 있었던 걸까…….'

"그런 건가."

미오 씨는 말했었다. '자기도 사줬으면 좋겠다 싶었으니 사주고 싶다'고. 말을 그대로 받아들이고 있었는데, 그 말을 한데에는 분명 미카코가 말하는 과거가 영향을 끼쳤을 것이다.

'들어보니까 네 여동생은 부족한대로 여러 궁리를 하고 자기 캐릭터로 열심히 사는 타입이지? 미오가 보면 귀엽고 부럽겠지.'

집이 부자인가 가난한가.

그것만으로 모든 것이 정해질 정도로 교내계급이 단순하진 않지만, 큰 요소라는 것은 틀림없다. 유우카가 지금까지 분발하여 마이너스를 보충하고 자신의 격보다 조금 위에 있는 그룹에서 자리를 지키던 노력이, 한여름의 추억이 원인이 되어 전부 사라질 수도 있었다.

"미오 씨는 자기가 도와주지 않으면 유우카가 어떻게 되는지 몸으로 느껴서 알고 있는 거죠……."

'나도 거기까지는 몰라. 이야기가 옆길로 샜는데, 아무튼 나와 미오의 관계가 틀어진 근본적인 원인은 집이 엄격해진 게 원인이라는 거야. 내 말을 믿을지 말지는 당신 마음이지만.'

"다른 그룹에 들어가거나 하지는 않나요?"

'말은 쉽지.'

여자의 사회에서는 그룹 이동도 좀처럼 쉽게 안 되는 모양이다. 내가 고등학생일 때는 그렇게까지 심했던 기억은 없는데, 역시 지역과 남녀 간의 차이이리라.

'그렇게 고립된 미오는……. 뭐, 그 뒤는 말 안 해도 괜찮겠지.'

"네, 역시 상상이 되니까요."

'사람이 떨어질 때는 순식간이지.'

"명심하겠습니다."

왜 일어났는지는 몰라도, 미오 씨에게 무슨 일이 일어났는지는 대충 알았다. 적어도 외부의 인간이 바로 어떻게 할 수 있는 문제가 아니라는 것도.

그렇다면 역시 나는 내가 할 수 있는 일을 하자.

'그래서 결국 용건이 뭐야? 그런 걸 물어보려고 굳이 전화한 거야?'

"계란말이의 맛을 봐줬으면 해요."

'뭐?'

"계란말이에요."

'계란을 구워서 만 음식?'

"거기에 유바가 들어간 거예요."

전화기 저편에서 '아아'라며 납득이 간 듯한 목소리가 났다.

'……혹시 사오토메 씨네 집의?'

"네, 미오 씨네 집의 계란말이를 재현하고 싶어요."

졸업앨범에는 미오 씨와 미카코가 함께 찍힌 사진이 몇 장인가 있었다. 그중 가장 처음에 있는 한 장, 1학년인 미오 씨 일행이 소풍 가서 서로 도시락을 교환하는 사진에 찍혀있던 요리. 미오 씨의 가족이 바뀌기 전의, 미오 씨가 아직 마음을 닫기 전의, 그때의 추억의 맛.

그것이 그 계란말이일 것이다. 미오 씨도 '어머니의 맛'이라고 예를 들었으니 가능성은 크다.

'그건 또 엄청 그리운 이야기네……. 재혼 때문에 사라진 맛이지.'

"유바가 들어있는 건 알고 있지만, 맛을 어떻게 내는지를 몰라서. 먹어본 적 있는 사람한테 물어보려고요."

'다른 집 계란말이의 맛을 내가 어떻게 기억해.'

"그래도 아예 모르는 것보다는 나아요."

말로는 기억 안 난다고 해도 소풍, 운동회, 사회과 견학 등 도시락을 먹는 이벤트는 나름대로 많다. 4학년 때까지 계속 같이 먹고, 때로는 서로 도시락을 교환했다면 기억의 한 구석에는 남아 있을지도 모른다. 아무리 가늘다고 해도 지옥에 드리운 단 한 줄기의 거미줄이다.

'차라리 본인한테 물어봐. ……아니, 설마 전에 인형도 미오한테는 말 안 하고 가지러 왔었어?'

"말 안 하고 가지러 갔었죠."

'당신, 까딱 잘못하면 스토커가 되는 타입 아냐?'

"부탁합니다. 그때의 맛이 필요해요."

'애초에 미오한테 그게 어떤 요리인지는 알아? 가당찮은 걸 만들면 미안하다는 말로 끝날 일이 아니라고.'

미카코의 이야기로 한 가지 알아낸 것이 있다.

지금 이 요리를 재현하는 것에는 확실한 의미가 있다. 그리고 재현 한다면 그녀의 말대로 어정쩡하게 만드는 것은 용납되지 않는다.

"베이스가 되는 맛은 완성됐고, 남은 건 조정뿐이에요. 힘을 빌려주세요."

'대체 어떤 목적이 있어야 본인에게는 말하지 않고 계란말이를 재현하게 되는 건지…….'

"……추상적인 대답이긴 하지만."

'뭐야.'

두 달 전에도 똑같은 말을 했지만.

"미오 씨가 웃으면서 '다녀왔습니다'라고 말하게 하기 위해서예요."

'……아, 그러셔요. 그게 일이라고 말했었지. 이해하기 어렵지만. 정말로 이해하기 어렵지만 이해했어.'

"협력해주실 수 있나요."

전화 저편에서 깊은 한숨을 쉬는 소리가 들렸다.

'뭐, 좋아. 우리 집 식탁도 매너리즘에 빠지기 시작했으니 새로운 레시피를 배운다는 생각으로 어울려줄게. 언제가 좋아?'

"되도록 빨리, 전 내일도 괜찮은데."

'……내일 보자고 해서 OK하면 한가한 사람인 것 같아서 내키진 않지만 비어있네.'

"그거 다행이네요."

인형을 받으러 갔을 때도 만난 것은 평일 낮이었으니, 상대는 전업주부일 것이다. 인터넷이나 텔레비전에서는 맞벌이 세대만 화제에 오르는 것 같은데 통계에 따르면 20대~30대 기혼 여성 중 3할은 전업주부라고 한다.

'그럼 그렇게 하죠. 아니, 잠깐.'

달력 (물론 미오 씨의 방에 있는 것이 아닌 지금 내가 있는 내 방의 책상에 놓인 달력이다) 에 표시를 하려고 했을 때 진지한 목소리로 제동을 걸었다.

"뭔가 불편한 게 있나요?"

'그건 아닌데. 당신, 미오랑 결혼한 건 아니지?'

"고용주와 직원의 관계인데요."

'아내나, 미혼이라면 여자친구라도 좋아. 있어?'

"없어요."

미오 씨네 집에 이직하기 전까지 평일은 막차로 퇴근하고 휴일은 잠으로 끝나는 생활이었다. 있을 리가 없다.

'그럼 친구라도 좋아. 나와 당신 이외에 한 명이나 두 명 더, 가능하면 기혼 여자가 좋은데.'

"평일 낮이면 빡빡하네요……."

도쿄에서는 기혼인 지인 자체가 전 직장에 있던 하야카와 과장(대머리)과 오오야마 씨 정도밖에 없다. 미혼으로 괜찮다면 츠치야나 무라사키가 있지만, 평일에는 당연히 출근할 거다.

그런데 왜 한 명 더 필요한 걸까. 내가 만들고 그녀가 맛을 보고…… 할 뿐인 작업이니 일손이 부족한 건 아니다. 그렇다면 생각할 수 있는 원인은 한정된다. 오히려 하나밖에 없다.

"……요컨대 와타라세 씨에게 있어서 '그런 대상'이 될 수 없으면서 '그런 상황'에 있을 수 없는 사람이 필요한 거네요?"

'그런 거야. 그리고 지금은 이시지마야.'

그렇군, 이성의 집에 들어가는 것이니 기혼자로서 신경을 써야 하는 건 이해가 되지만.

"생생하네……."

'그걸로 어때? 동석할만한 사람이 없으면 안 갈 거야.'

"아뇨, 있으니 괜찮아요."

있다. 마침 괜찮은 사람이.

까놓고 말해서 내가 불륜 상대가 아니라는 걸 증명할 동석자가 필요한 것이다. 되도록 불륜 현장에 어울리지 않으면서 당사자도 불륜 상대가 될 수 없는 그런 인물.

"잠깐 기다려 주세요."

스마트폰을 귀에서 떼고 채팅 앱을 켰다. 몇 년인가 전에 유행한 마스코트 아이콘을 찾아 메시지를 입력.

나:

유우카, 계란말이 좋아하지?

상대방은 도쿄 여행 마지막 날. 친구와 여행이 끝나는 걸 아쉬워하고 있을 줄 알았는데, 다행히 바로 읽음 표시가 떴다.

유우카!!!:
좋아하는디?

나:
내일은 여기에 있을 거고 예정도 없지?

유우카!!!:
응
왜?

나:
배 터지게 계란말이 먹여줄 테니까 집에 있어.

유우카!!!:
(;・Д・´)???

좋아. 동생의 계정명이 왜 그렇게 하이텐션인지는 제쳐두고.
입회인, 넌 내 거야.
"오래 기다리셨습니다."

'그래서? 사람은 찾았어?'
"제 여동생은 어떤가요."
'아아, 아까 말했던 애. 몇 살이야?'
"17살이고 고2. 흑발이고 외모는 잘 쳐줘도 중학생."
'합격.'
일단 자리는 갖춰졌다. 이제 계란과 유바를 사서 보태둬야 한다.
난 달력에 ○를 치고 에코백과 지갑을 들었다.

◆◆◆

그렇게 맞이한 다음 날.
내 방 603호실에는 진한 계란과 육수의 향기가 피어오르고 있었다.
"오빠."
"왜."
"힘들어."
"사람은 고통을 극복할수록 강한 어른이 될 수 있어. 젊어서 고생은 사서라도 하라고 하잖아."
"전이랑 하는 말이 달라분디……."
테이블에 늘어선 수많은 접시.
그 위에 쌓이는 계란말이의 산.
그리고 그 산에 파묻히듯이 엎드리는 유우카.

“병아리 감별사의 작업 풍경을 동영상으로 본 적이 있는데, 온통 노란 느낌은 좀 비슷하네…….”

“병아리가 되기 전에 끝고 있지만…….”

“안심해, 이건 전부 무정란이야.”

이시지마 미카코를 내 집에 초대하여 계란말이 시험작을 만들기 시작해 2시간이 지났다. 계란말이 팬을 든 내 팔도 계란말이를 처리하는 유우카의 배도 빵빵해지기 시작했지만, 아직 납득이 가는 계란말이는 만들지 못했다.

“어쩔 수 없잖아, 마지막에 먹은 게 20년은 더 됐으니까!”

미카코가 그렇게 말했다.

결론부터 말하자면 미카코는 사오토메 가의 맛을 기억하고 있었다. 그리고 미오 씨가 좋아하는 맛은 고향집 요리가 베이스이니, 내가 평소에 미오 씨에게 만들어주는 레시피도 상당히 추억의 맛에 가까웠던 모양이다.

하지만 그 너머, ‘상당히 근접하다’와 ‘똑같다’의 벽이 두꺼웠다. 만들어보고는 ‘단단하다’, ‘느끼하다’, ‘뭔가 다르다’와 같은 막연한 평가를 받고 레시피를 고쳐서 다시 만들고…… 이걸 반복하고 있었다.

“오빠, 오빠. 계란은 하루에 두 개 먹으면 병나는 거 아녀?”

유우카가 매달리는 듯한 눈빛으로 봤지만, 안타깝게도 그 정보는 오래됐다.

“그건 옛날 학설이야.”

"그려?"

"뒤집어진 건 상당히 최근이지만."

계란은 하루에 한 개까지.

누구나 들은 적이 있을 이 제한은 사실 계란에 든 콜레스테롤에서 유래되었다. 예전에는 후생노동성 기준 일일 섭취 콜레스테롤양은 '여성 600mg, 남성 750mg'이 적절하다고 여겨왔다. 계란 하나에 함유된 콜레스테롤은 300mg 정도이니 다른 음식에서도 섭취하는 것을 생각하면 하루에 한 개를 먹어야 하며, 그 이상 먹으면 콜레스테롤 수치가 상승해서 동맥경화 같은 것에 걸린다는 이유였다고 한다.

하지만 2015년에 이 기준이 개정되어 콜레스테롤 섭취량의 상한에 관한 기재가 없어졌다. '콜레스테롤을 먹었다고 해서 곧장 콜레스테롤 수치가 올라갈 리가 없잖아'라는 연구 결과가 여기저기서 나와 상한을 만들 근거가 희박해졌기 때문이라고 한다.

"그러니 하루에 한 개만 먹고 참지 않아도 돼."

"와~~~~!"

"애초에 계란을 먹는 건 생물을 통으로 먹는 것과 마찬가지야. 하루에 병아리 두 마리 먹으면 죽는다고 생각하면 뭔가 이상하잖아?"

"그렇네!"

"그러니 마음껏 먹어도 돼."

"으그윽……."

참고로 '전국 양계 소비 촉진 협의회'에서는 하루 두 알의 계란 섭취를 권장한다는 이야기는 유우카에게는 말하지 않았다.

물론 그렇다고 해도 상식의 범주가 있으니, 대부분은 냉동해두고 볶음밥에 넣거나 해서 쓸 생각이다.

"당신들이 남매라는 건 잘 알았어. 호흡이 착착 맞네."

"아아, 기다리게 했네요. 다음 걸 만들죠."

주방으로 돌아가 네 팩째의 계란을 개봉했다. 이번 10개로 결판을 내고 싶다.

"나도 슬슬 질리기 시작했는데……. 상당히 근접하게까지 와서 맛의 변화도 없어지기 시작했고."

불만을 털어놓는 미카코의 맞은편에서는 유우카가 원망스럽다는 눈으로 이쪽을 쳐다보고 있었다.

"한 입만 먹어도 되는 사람이 뭔 소리 한데요?"

"다른 사람이 불행하다고 해서 자기도 불행해야 한다는 바보 같은 사고방식을 강요하지 마. 낡은 가치관은 헤이세이 시대*에 두고 오라고."

"으그극."

뜻밖에도 내가 미오 씨를 보고 끌어낸 해답과 똑같은 말이 미카코의 입에서 나와 놀랐다. 자기보다 더 불행한 사람이 있으니까, 더 구원을 받아야 할 사람이 있으니까 자기가 불만을 토로하는 것은 용납될 수 없다. 그런 생각에 빠진 사람에 대한 하나의

*1989년~2019년까지 쓰이던 일본의 연호

해답이다.

"뭐야, 왜 갑자기 조용해진 거야?"

"아뇨, 아무것도 아니에요."

역사에 '만약'은 없다는 말은 그야말로 정론이지만. 그래도 만약 미오 씨와 미카코의 관계가 부서지지 않은 채로 중학교, 고등학교, 그리고 지금에 이르기까지 계속 친구로 있었다면 미오 씨의 인생은 어떻게 되었을까. 적어도 내가 여기서 이러고 있을 일은 없었을 것이라는 생각이 끝없이 들었다.

"……있잖아, 아까부터 궁금했는데."

"예?"

미카코는 다음 한 판을 구우려는 나에게 제동을 걸면서 조리대에 놓여 있던 건조 유바 봉투를 집었다.

"왜 계속 건조 유바를 쓰는 거야?"

"……아, 이거야. 미오한테 받은 계란말이 맛이 나."

"이게 뭐래, 겁나 맛있네!"

한 판당 계란 두 개.

합계 32개를 쓴 16판째. 여기서 드디어 먹은 경험이 있는 사람에게서 OK사인이 나왔다.

"설마 유바부터 만들었을 줄은……."

"미묘한 차이지만 완전히 재현하려면 이래야만 하는 것 같네."

유바는 두부 제작 과정에서 나오는 것인데, 그걸 노리고 만드는 것은 가정에서도 쉽게 할 수 있다. 무조정 두유를 냄비나 프라이팬에 넣고 약불로 가열하면 우유를 데울 때처럼 표면에 막이 생긴다. 그걸 걷어내는 것이 유바이니 간단히 만들 수 있다. 실제로 유우카에게 심부름을 시켜 사 온 두유로 이렇게 재현에 성공했다.

그것도 전국 어디서든 팔고 있는 싼 두유로 만든 유바가 정답이었던 것을 보면, 돈이 아니라 시간과 정성을 들였다는 것을 짐작할 수 있다.

"그래도 직접 만든 유바라 다행이네. 이세하라의 생유바였으면 오늘 안으로는 못 구했을 테니까."

"……오오야마의 두부."

"어머, 알고 있어?"

카나가와현 이세하라시에는 에도시대부터 활발하게 두부를 만드는 마을이 있다. 어딘가에서 들은 적이 있는데, 계란말이에 유바를 쓴다는 발상은 거기서 온 것일지도 모른다.

"그건 그렇고 이건 친척 모임에 끌려갔을 때 만들면 반응이 좋을 것 같네……. 올해 연말에 시험해볼까……."

겨우 어깨의 힘이 빠지기 시작한 내 옆에서는 미카코가 계란말이를 입으로 옮기면서 작게 끄덕이고 있었다. 레시피를 늘릴 생각으로 왔다고 했으니 배워서 돌아갈 생각일 것이다.

"그런 모임이 자주 있나요?"

"도시 사람이 친척 간의 교제를 안 한다는 건 편견이야. 결국엔 케이스 바이 케이스니까, 단정하고 달려들면 따끔한 맛을 보게 될 거야. 나처럼 말이야."

"생생하네요."

"고향의 음식이 아니면 만족하지 않는 사람들과 시집간 곳의 식재를 내지 않으면 불평하는 사람들. 양쪽이 공존하니까 밸런스를 맞추는 게 정말 성가셔. 이거라면 카나가와 식재라는 틀 안에서 만들 수 있고, 계란은 그쪽에서 난 것을 쓰면 생색은 낼 수 있겠지."

"정말로 생생하네요."

비즈니스의 최전선에서 일하는 미오 씨와는 여러 의미로 정반대의 인생이다. 옛날에는 항상 함께했던 두 사람이 이별해서 정반대의 길을 걸었는데 둘 다 힘들게 살아가고 있다. 그렇게 생각하니 왠지 안타까운 느낌이 드는 건 왜일까.

이러니 저러니 하는 사이에 정신을 차리고 보니 미카코가 자신의 짐을 다 정리했다.

"그럼 다 된 것 같으니까 집에 갈게."

"어, 벌써요?"

"우리 집 일도 해야 하고. 게다가 너무 오래 있으면 미오가 돌아오지 않아?"

서로 스마트폰으로 시간을 확인했다. 시간은 오후 5시 반을 넘겼으니 미오 씨가 돌아오기까지 30분에서 1시간 남았나. 확실히 얼굴을 마주치지 않기 위해서는 슬슬 가야 하는 시간이긴 하다.

"일단 물어보는 건데 미오 씨랑 만날 생각은?"

"나하고 못 만나게 하는 거 아니었어?"

"사정이 바뀌면 이야기도 달라지니까요."

미오 씨와는 못 만나게 할 것이다.

아아짱을 둘러싼 사건에서 미카코의 무례한 태도를 차마 볼 수 없었던 나는 동창회 초대장에 미오 씨를 대신해서 퇴짜를 놓았다. 그것은 틀림없는 사실이며 그때 한 말을 후회하지 않으며 철회할 생각도 없다.

하지만 이번에 이렇게 미오 씨를 위해 나와서 협력해준 것 또한 사실이다. 그것을 흐지부지 덮고 무시한다면, 그것은 의롭지 못한 행동이다.

"만날 리가 없잖아."

하지만 당사자인 미카코는 당연하다는 얼굴로 바로 대답했다.

"괜찮아요? 여기까지 와서 도와줬는데."

"여자는 말이야. 결혼해서 애가 생기면 대화 주제가 하나도 안 맞는 법이야. 아주 옛날에 집이 가까웠을 뿐인 사람이랑 이야깃거리도 없는데 새삼스럽게 만나서 어쩌라는 거야?"

"그건 또 극단적인 이야기군요."

"예, 그러시겠죠. 이해받을 생각은 없네요."

하지만 그렇다면 누구에게 도움을 받아 재현했는지도 말할 수 없다. 내가 사진을 보고 재현했다고 할 수밖에 없게 된다.
"이러면 하나부터 열까지 전부 제 공이 되잖아요. 그건 불공평하지 않습니까?"
"다른 사람이 버린 것이라면 거리낌 없이 줍는 것도 처세술이야."
"와타라세 씨……."
"이시지마라고 했잖아. 그럼 간다. 나도 바쁘니까!"
"아니, 그래도 전혀 답례를 안 하는 건……."
"당사자가 필요 없다잖아. ……아~ 진짜, 당신 그 모양인데 잘도 미오를 상대해주고 있네!"
미카코는 눈치 없는 남자에게 짜증 난다는 얼굴로 나를 향해 돌아섰다.
"나도 마음이 좋지 않다고! 어릴 때의 부담감이 지금 와서 올라오고, 미오와 안 지 얼마 되지도 않은 남자한테 설교 당하고! 그대로 두면 뭔가 기분이 안 좋잖아!"
아아, 그렇구나.
"이제 집에 갈 거야!"
이 사람도 딱히 심성이 나쁜 사람은 아니었던 걸지도 모르겠다. 나쁜 짓은 했지만 나쁜 사람이 아니다. 그런 사람도 개중에는 있다.
선량하게 살고자 해서 실제로 선량함을 관철해낸 인간은 선인이라 불린다는 글을 어딘가에서 읽었다. 선량함을 관철하려 하지 않고 자신의 상황에 맞는 길을 선택하면 악인이 된다고도 한다.

그 어느 쪽도 아니며 선량함을 관철하려고 했지만 관철하지 못했다. 아마도 그런 보통의 '평범한 사람'이었다. 그뿐이었을지도 모르겠다.

◆◆◆

'……뭘, 잊어버렸는데.'

"아, 네."

미카코가 돌아간 직후, 오토록의 인터폰이 울려서 뭔가 싶었는데 돌아갔을 터인 미카코가 거기에 있었다.

거북하다. 사람은 거북함으로 죽지 않는다고 말하긴 했지만 역시 거북하다. 마치 '이걸로 빚은 없어. 이제 두 번 다시 만날 일도 없겠지'라고 말하는 듯한 느낌으로 헤어진 만큼 굉장히 거북하지만, 뭔가를 잊어버린 것만은 어쩔 수 없으니 오토록의 해제 버튼을 눌렀다. 다시 집에 들이니, 상대도 한없이 불편해하는 모습으로 스마트폰을 꺼냈다.

"……사진."

"사진?"

"사진 찍는 걸 잊어버렸어."

"어, 계란말이 사진이요? 빈스타에 업로드라도 하는 건가요?"

사진 전용 SNS '빈스타그램', 줄여서 빈스타. 듣기로는 요리 사진으로 인기를 끄는 사람도 있다는데.

"내가 농담을 듣고 웃을 것 같은 표정으로 보여?"

"농담이 아닌데. 그럼 무슨 사진이요?"

"단체 사진."

"단체 사진?"

"나랑 당신이랑, 그쪽 동생도 같이. 계란말이를 몇 개인가 늘어 놓으면 목적도 분명해져서 좋겠지."

"뭣 헌다고 단체 사진을 찍는데?"

"남편한테 보낼 거야. 되도록 빨리."

"아~."

증거 사진이라고나 할까. 아무 일도 없었다는 것을 증명하기 위한 밝고 건전하고 순수한 사진을 찍고 싶다는 말이었다.

"아무 말 없이 남자의 집에 간 게 나중에 들키는 게 제일 안 좋아."

"그럼 오늘은 뭐라고 말하고 왔나요?"

"지인의 집에서 요리 연구."

"그렇군요."

엄청 돌직구이면서 변화구다.

"결과적으로 남자의 집에 있었지만, 결코 뒤가 켕기는 일은 없었다. 그렇다는 걸 확실하게 알 수 있는 사진을 준비해서 질문을 받기 전에 보여준다. 그게 제일이야."

"그런 생생한 이유로 사진을 찍히는 건 처음이네요."

"어쩔 수 없어. 남편이 그, 결혼하기 전부터 서지 않아서 이런 거에 민감해…….”
“오늘 들은 이야기 중 가장 생생한 정보네요…….”
확실히 그런 상황에 남자의 집에 간 걸 들키는 것은 상당히 좋지 않다.
“오빠, 서지 않는다는데 뭐가 서지 않는 것이여?”
“몰라도 돼. 살다보면 자연스레 알게 될 거야.”
평생 몰라도 상관없지만. 하지만 그런 걸 알고 결혼한 걸 보면 뭐랄까.
“사랑이군요?”
“시끄러워. 빨리 돌아가고 싶으니까 준비해.”
“자, 잠깐만, 머리 정리할 테니께 기다려.”
유우카가 화장실에 가려고 했지만 미카코가 그걸 제지했다.
“되도록 촌스러운 머리로 하고 와. 보기에도 건전한 분위기가 되니까.”
“땋은 머리다, 땋은 머리. 양 갈래로 땋아서 와. 오이타 분교의 문예부 같은 여동생이 있는 곳에서 불륜하는 사람은 없으니까.”
“으에~…….”

‘학생 시절 후배의 전 남자친구의 여동생이 좋아하는 남자에게 도시락을 만들어주고 싶다고 한다. 하지만 무뚝뚝한 남자밖에 없는 집이라 요리를 가르칠 수 있는 사람이 없어 난감해하던 오빠는 미카코에게 도움을 요청했다. 젊은이의 사랑을 응원하는 것도

연장자의 책무라고 생각하여 미카코도 받아들였고, 고생 끝에 여동생은 계란말이를 마스터했다.'

그런 설정으로 찍은 사진에는 계란말이의 산과 과연 속일 수 있을지 걱정될 정도로 굳은 미소를 지은 세 사람이 찍혀있었다.
시각은 오후 5시 52분.

순조롭다.

"응, 계약 내용도 양호, 진척도 문제없음. 일은 잘 풀리고 있고 사생활도 친구가 생겨서 충실해지기 시작했어."

그러니 순조롭다. 내 인생은 굉장히 순조롭다.

지금까지는 딱히 의식한 적이 없었지만, 최근 들어 실감했다. 여러 일이 일어나면서도 전체적으로 내 인생은 잘 되어가고 있다.

딱히 내가 남다른 노력을 했기 때문이 아니다. 우연히 태어난 집이 가난하지 않아서 생활이 궁하지 않았고 대학에도 갈 수 있었다. 여유로운 환경이라 여유롭게 공부를 하고, 여유롭게 취직했다. 그뿐인 일이다.

내일의 예정을 다 확인하고 스마트폰을 가방에 넣으려다가 손이 멈췄다.

"……전원, 끄면 안 되려나."

빈번하게 전화를 걸어오는 거래처 사람의 얼굴을 떠올리면서 생각 없이 말해봤지만, 그렇게 못할 것이라는 건 뻔하다. 이전에 우연히 전화를 못 받았을 때는 나 대신 부하인 사다에게 전화가 갔고, 다음날에 다시 불평하는 전화가 온 탓에 예정이 밀리기도 해서 디메리트가 더 컸다.

지금은, 이번 거래에서는, 지금부터 담당자를 변경했다가는 전체 스케줄이 엉망진창이 된다.

그러니 이 정도는 어쩔 수 없다. 적어도 월급은 나오고 괴롭힘도 (아슬아슬하긴 하지만) 해당하지 않는 범위에서 그친다. 공짜 야근을 강요받으면서 계속 괴롭힘을 받는 사람에 비하면 고생이라고 볼 수도 없다.

"좋아."

공원 앞을 빠져나와 맨션 입구가 보일 때 전원을 그대로 켜둔 스마트폰을 백에 넣었다. 어쩌면 오늘 밤에도 업무 전화가 올지도 모르지만, 맨션에 돌아가면 따뜻한 저녁밥과 청결한 침대가 있으니, 그걸로 충분히 균형이 잡힌다.

그러니, 나는 행복하다.

그렇게 결론짓고 시선을 앞으로 향했다가 문득 걸음이 멈췄다.

"……?"

모르는 사람이다. 이 맨션에서 2년 조금 넘게 살았는데 본 기억이 없는 뒷모습이 맨션을 나와서 나와는 반대편으로 걸어가는 모습이 눈에 들어왔다. 최근에 새로 입주한 사람이거나 누군가의 손님일까. 애초에 큰 맨션의 주민은 전부 기억할 수 있을 리가 없으니 하나하나 신경 써도 별 수 없지만.

그래도.

"어디서 본 것 같은데."

왠지 신경 쓰였다.

◆◆◆

"다녀왔습니다."

"네, 어서 오세요. 밥, 다 됐어요."

평소대로 맞이해주는 마츠토모 씨에게 가방을 건네고 구두를 벗었다.

나에게 있어서 가장 복 받은 일은 무엇인가. 그런 질문을 받는다면, 분명 그 해답은 그의 존재일 것이다. 강제적인 방법으로, 염치없는 이유로 고용한 나에게 이렇게 웃어주니까. 원래 계약에는 없는 청소와 세탁, 그리고 무엇보다 식사 준비까지 해준다. 그런 사람과 만난 것을 행운이라 부르지 않는다면 무엇을 행운이라 불러야 할까.

알고 있다. 머리로는 그렇다는 것을 알고 있다. 알고 있는데, 몸이 납덩이처럼 무거운 건 왜일까.

"고마워. 좀 피곤하니까 나중에 먹을까……."

"시간을 두면 오히려 못 먹게 돼요. 가볍게라도 먹는 건 어때요?"

"그럼 그럴까……."

"옷 갈아입는 동안 준비해둘게요."

현관에서 구두를 벗는다. 방에서 정장을 벗고 샤워를 한다. 전에는 이러면 일을 잊을 수 있었는데, 요즘엔 그것도 잘 안 된다.

언제 전화가 걸려올까.

무슨 말을 들을까.

뭘 하고 있어도 그런 생각이 머리에서 아른거린다.

"하지만, 먹지 않으면……."

모처럼 만들어준 음식에 손을 대지 않는 건 좋지 않다. 원래 계약에는 그런 사항은 포함되어 있지 않은데 마츠토모 씨는 선의로 만들어주고 있으니까.

거실과 이어지는 문을 여니 된장국 냄새가 흘러들어왔다. 테이블에는 된장국 외에도 볶음과 크로켓, 그리고.

"어라, 이 계란말이……."

항상 만들어 주던 것과도, 전에 만든 명란젓과 파가 들어간 것과도 달랐다. 어쩐지 낯익은 하얀 층이 있는 계란말이가 네모난 접시에 늘어서 있었다.

"전에 미오 씨네 집의 계란말이에 유바가 들어간다고 들어서 만들어봤어요."

"그렇구나, 고마워."

기억하고 있었구나.

요리는 몇 번을 도전해도 잘 안 돼서 스스로 만들 수 없다면 더는 볼 일도 없을 줄 알았다. 그때의 맛은 이제 돌아오지 않지만, 겉모양이 비슷한 것만으로도 왠지 그리웠다.

"그럼 식기 전에."

"응, 잘 먹겠습니다."

솔직히 말해서 식욕은 전혀 없다. 다 먹지는 못할 것이다.

적어도 한입만이라도 먹고, 그 뒤는 사과하고——.

"……어?"

간이 평소와 약간 달랐다. 내 취향에 맞춰준 것은 변함없지만 미묘하게, 하지만 확실하게 달랐다.

"아니, 어……?"

한 조각 더 먹어보았다. 틀림없다.

단맛은 적고 육수 맛을 살린 이 맛.

유바를 끼워 넣은 이 식감.

목을 지나갈 때의 이 향.

"어머니의, 계란말이……."

"어머니의, 계란말이……."

미오 씨가 흘린 말에 어깨의 힘이 약간 빠졌다. 아무래도 제대로 재현한 모양이었다.

"미오 씨, 어때요?"

"마츠토모 씨, 이거, 내 어머니가 만든, 어떻게……."

"졸업앨범을 봤을 때, 도시락의 계란말이가 찍혀있는 사진이 있었잖아요?"

"하지만 사진만으로는 도저히……."

"요리에 익숙해지면 말이죠, 사진으로도 맛이 상상되는 법이에요."

"그런 거야?"

"……네, 뭐 그리 대단한 일도 아니에요. 저도 이렇게 했으니까요."

"그렇구나……."

사람은 거짓말을 할 때 시선이 왼쪽 위를 향한다. 최근에 그런 이야기를 한 걸 떠올려 자신의 눈을 어떻게든 정면으로 향했다.

이건 다른 사람의 공을 가로채는 짓이다. 이 계란말이의 맛을 재현하는 건 미카코의 도움이 없었다면 절대로 불가능했다.

하지만 그 행위에 양심의 가책을 느끼는 것도 결국 내 개인의 문제. 미카코 본인이 그렇게 말한 이상, 끝까지 속이는 것이 나의 책무이며 해야 할 일이었다.

이 요리는 그렇게 해서라도 재현할 가치가 있는 요리였으니까.

"미오 씨가 어렸을 적에 자주 먹었죠."

"응, 조금 특별한 날의 계란말이인데……. 소풍이나, 운동회나……."

"네."

거기까지는 나도 알고 있었다. 소풍 사진에 찍혀있었고, 미오 씨한테도 그렇게 들었다.

하지만 실제로 과거를 아는 미카코에게서 들을 수 있었던 이야기는 그뿐만이 아니었다.

"그래서 내가 제일 좋아하는 음식이고."

"그랬군요."

"학교에서 안 좋은 일이 있었던 날에 울면서 집에 오면 만들어 주기도 하고."

"네."

"저녁을 먹으면서 이야기를 들려주고."

즐거운 추억도 그렇지 않은 추억도 이 맛과 함께였다. 미오 씨가 두부를 비롯한 콩으로 만든 식품을 좋아하게 된 것도 이 계란말이가 계기가 되었다고 한다.

그 말을 듣고 난 이것을 재현하는 일에는 의미가 있다고 확신했다.

그리고 그것은 아마도 정답이었다.

"지금 생각해보면 사소한 고민이었네……."

"그래도 당시에는 진지하게 고민했죠."

"누가 누구를 좋아한다던가, 누가 누구의 욕을 했다던가, 시시하지."

"시시한지 아닌지를 정하는 건 그때의 자신이에요."

"그때의……?"

"다른 사람이 봤을 때 시시하더라도, 장래의 자신이 봤을 때 시시하더라도, 지금 괴롭다면 그건 진짜예요."

"그런가."

"전 그렇게 생각해요."

사람들은 어른과 아이는 다르게 느낀다고 말한다. 어릴 때는 세상도 식견도 좁으니 사소한 것에 호들갑을 떤다고.

하지만 꼭 그렇지만은 않다. 어른이 되었으니까, 사회인이 되었으니까, 그런 말을 주위 사람들에게 들어서, 혹은 그런 말로 자신을 타일러서 아픔을 마비시키고 있을 뿐인 것이 아닌가.

"시시한 이야기인데."

"네."

조직이나 집단 안에서 살아가는 이상, 그러는 것도 어쩔 수 없고 필요한 일일지도 모르지만. 하지만 그렇게 아픈 것을 속이면서 50년이나 일하는 건 부조리하다.

"거래처의 새 과장이 체면을 엄청 신경 쓰는 사람이라서 말이야."

"그런가요."

"자료에 오타 하나가 있으면 프레젠테이션의 내용은 뒷전으로 돌리고 오타 얘기만 하고."

"……있죠, 그런 사람이."

회사에 근무하던 시절에 겪은 적이 있다. 찾은 잘못의 수가 많을수록 우수하다고 착각하는 타입.

"낸 견적이 예산에 안 맞으니까 경비가 적은 걸 얼버무리려고 '당신의 견적이 나빠서 발주할 수 없다'고 말하고."

"……시로가네 씨의 변호사 사무소에서 한 이야기, 정말 최근의 일이었네요."

"최근에는 상사에게 진척도를 세세하게 파악하고 있다는 걸 어필하기 위해서 아무 때나 전화를 걸어오게 되었고……."

"그건 그냥 민폐죠."

그런 정보에 가치 따위는 없으며, 보고를 위한 보고가 된 모양이다. 나도 모르게 항의하면 되지 않냐는 말이 튀어나올 뻔했지만, 내가 그 말을 하는 것에 의미가 없다는 것을 깨닫고 그만두었다. 미오 씨가 말하지 않는 것이든, 말하지 못하는 것이든, 바꾸고 싶어도 바꿀 수 없어서 바뀌지 않은 것이라면 그게 다다. 아무리 정론을 늘어놓아도 단순한 궤변이 될 뿐이다.

"그리고, 그리고……."

"네, 뭔가요."

그날 저녁은 평소보다 조금 길었다.

개인적인 감상이긴 하지만, 왠지 모르게 멋쩍을 때 침입자가 들어오면 어쩐지 살았다는 기분이 드는 법이다.

"낼 수 없어……. 뽑고, 뽑고, 뽑고, 판나코타 먹고 싶어, 뽑고…… 아, 낼 수 있어. 에, 그거 이상하지 않아요?"

"나도 못 내……. 뽑고, 뽑고, 뽑고, 뽑고, 뽑고, 뽑고, 으으, 판나코타……."

"낼 수 있는 카드가 나올 때까지 무한하게 뽑는 룰은 상당한 확률로 모두가 카드 부자가 돼서 엉망진창이네요."

미오 씨에게 일하면서 있었던 일을 한동안 들은 후, 난 유우카도 더해 세 명이서 테이블에 둘러앉았다. 무슨 게임인지는 말할 필요도 없었다.

우노이다. 나와 미오 씨는 말할 것도 없으며, 물론 유우카도 정말 좋아한다.

"아, 냈다. 이상하다니, 뭐가?"

여러 가지를 털어낸 미오 씨는 그 덕도 있어서인지 약간 기운을 되찾았다. 그렇게 밥도 다 먹었을 때 유우카가 디저트를 노리고 쳐들어왔다.

하지만 한 가지 문제가 있었다. 디저트인 판나코타는 나와 미오 씨의 몫밖에 만들지 않았다. 아무리 유우카라고 해도 오늘 과연 배가 부를 줄 알았는데, 나의 오산이었다.

그렇다면 우노로 쟁탈하자는 이야기가 나왔고, 게임 사이사이에 요 며칠 동안 미오 씨가 기운이 없었던 이유를 설명하여 지금에 이른다. 단둘이 있어서 조금 부끄럽기도 했으니 갑자기 나타난 유우카가 도움이 되었다는 이야기는 본인에게 하지 않았다.

그리고 하나 더.

유우카만이 할 수 있는 일이 있다. 때를 봐서 해야겠다고 생각하고 있었는데, 이 자리에 와준 건 마침 잘 된 일이었다.

"사오토메 씨, 울 정도로 힘들었던 거지?"

"아아안아아 안 울었는데??"

"근디 눈 주위가 뻘겋……"

"유우카, 탄탄면이다."

"탄탄면?"

나는 부자연스럽게 손을 붕붕 휘둘러 눈가를 가리려고 하는 미오 씨를 곁눈질로 보면서 유우카의 말을 가로막았다.

"오늘 저녁은 말이다, 탄탄면풍 소면이었어. 그것도 타카노츠메(^일본의 고추 품종)가 아니라 하바네로가 들어간 녀석이었지. 계란말이를 얹어도 매운 녀석이다."

"그게 뭣이데, 아플 것 같구만……. 그래서 눈 주위가 뻘겋게 되버렸구마잉~."

다른 남매도 그런 걸까, 아니면 우리 남매만 그런 걸지도 모르지만. 나는 나름 이상의 정확도로 동생이 할 만한 생각과 할 만한 일을 알고 있다고 생각한다.

"그래 맞아, 탄탄소면의 후유증이야. 그래서 뭐가 이상한 거야?"

그래서 이런 구차한 이유로도 얼버무릴 수 있다는 것을 알고 있고 유우카가 다음에 할 말도 안다. 그리고 아마 유우카도 내가 그것을 원하고 있다는 것을 어렴풋이 알고 있을 것이다.

"사오토메 씨가 그렇게까지 하는 건 업무 계약에 안 들어가 있는 거 아녀? 그라믄 안 해도 되잖여."

"안 할 수는……."

내가 말하려다가 안 한 내용 그대로지만, 이걸로 좋다. 이건 '유우카라면' 할 수 있는 말이니까.

"에~, 근디 계약에 적혀 있는 건 반드시 지켜야 하는 거 아녀?"

"뭐, 기본적으로는."

"그라믄 안 적혀 있는 내용은 안 해도 된다고 생각 안 하믄 불공평하지 않어? 그게 자기도 상대도 돈 받고 하는 일이믄 더 그렇잖에."

"그럴, 지도 모르지만."

왜 나는 말하지 못하는가. 이미 본래의 고용계약 이상의 일을 하는 내가 '안 적혀있으면 안 해도 되잖아요'라는 말을 하는 것도 설득력이 없는 것이 우선 첫 번째. 그리고 또 하나는 이것이 '일'이니까.

미오 씨의 일은 미오 씨의 일. 마케터로서 사회에 가치를 제공하는 것.

나의 일은 나의 일. 그런 미오 씨가 안심하고 '다녀왔습니다'라고 말할 수 있게 해주는 것.

서로의 일을 충실히 하는 것이 나와 미오 씨의 관계다. 그걸 넘어서 상대의 영역에 들어서는 것은 직무유기와 마찬가지이다. 벡터가 반대일 뿐이다.

"미오 씨를 곤란하게 하지 마. 일에 대한 이야기는 안 그래도 자세히 말하기 어려운 법이니까."

나는 미오 씨의 일에 대해 자세히 물어보지 않고, 일하는 방식에 참견하지도 않는다. 그건 다른 사람의 직무 영역을 침범하는 일이기 때문이다. 만약 내 말대로 했다가 미오 씨의 회사에 무슨 일이 생겨도 내가 책임을 질 방법이 없기 때문이다.

미오 씨만 책임을 추궁당하는 한, 내가 무슨 말을 해도 철저하게 '무책임한 말'이 된다. 나는 그런 짓을 할 수 없다. 나와 미오 씨는 같은 집에서 같은 식탁에 앉으니, 그럴 마음만 먹으면 그 경계선은 쉽게 넘을 수 있을 것이다. 그러니 나는 미오 씨에게 일할 때 이래라저래라하지 않는다. 츠치야에 대해서도 무라사키에 대해서도 같은 입장이다.

하지만 여기에는 있다. 한 명 있다. 그 경계선을 쉽게 뛰어넘어 마음대로 말할 수 있는 사람이.

"곤란하게 할 생각은 없지마는……. 근데 곤란하게 만드는 건 그 사람이잖어! 그 자슥이 헤실헤실 거리믄서 돈 받는디 사오토메 씨는 이래 밥도 못 묵는 게 어쩔 수 없다니, 역시 이상하잖여! 인과웅보라고 하잖에!"

"인과응보 말이지. 뭐냐 그 씩씩해 보이는 단어는."

"으극."

"하지만 말은 틀리지 않았어. 필요한 것과 어쩔 수 없는 건 비슷해도 다른 거야."

유우카에게도 자신의 말에 책임을 질 수단은 없는데 아까부터 마음대로 말하고 있다. 하지만 그래도 괜찮다.

왜냐하면 미성년자니까.

보호자의 동의를 얻은 계약에는 정식적인 책임이 따르지만, 반대로 말하자면 그 외에는 '어린 아이의 허튼소리'이다. 일본 사회는 아이가 '이렇게 하면 어때?'라고 말한 걸 진심으로 받아들였다가 일에 실패했다고 해서 그걸 아이 탓으로 돌릴 수 있는 사회가 아니다.

그러니 내가 할 수 없는 말을 유우카는 할 수 있다. 유우카가 한 말이라면 미오 씨도 들을 수 있다. 성공해도 실패해도 그 결과를 혼자서만 부담할 수 있으니까.

"그럼 유우카, 구체적으로 어떻게 하면 좋겠다고 생각해?"

"음~……. 이기는 거랑 지는 건 뭘로 정해진다고 생각하나?"

"그야 힘이 센 쪽이 이기겠지. 권력이든 완력이든 경제력이든."

"수가 많은 쪽이 이기제. 셋이서 둘러싸믄 고마 고등학생도 프로레슬러한테 이길 수 있다고 시로가네 씨가 말했더라고."

"시로가네 선생님, 애한테 뭘 가르치는 걸까요."

보충하자면, 그 뒤에 '그래서 머릿수가 적은 사람도 공평하게 싸울 수 있도록 법정에는 변호사가 선다'고 이어진다고 한다. 중요한 부분은 뒷부분이 아닐까.

"긍께, 사오토메 씨도 같은 편을 찾아요. 센 사람을 뒤에 달고 계약서로 후려 패는 수라의 나라 스타일로!"

정당함만으로는 힘이 없다. 힘은 곧 머릿수, 그렇다면 머릿수를 등에 업고 정당함을 부딪쳐야 한다. 추상적이긴 하지만 행동의 계기로는 충분하다. 그리고 미오 씨라면, 그렇게 계기만 만들면 뒤는 어떻게든 된다.

왜냐하면 어떻게든 되는 사람이니까. 참고로 '수라의 나라'는 후쿠오카현을 가리키는 인터넷 밈이다.

"……그런가, 회사를 통해서 서면으로 하면 되겠구나."

"미오 씨, 뭔가 생각났나요?"

미오 씨는 팀과 같이 일할 수 있는 사람인데, 자신의 문제는 무슨 일이 있어도 자기 혼자 어떻게든 해야 한다고 생각하는 경향이 있는 사람이다. 그런 의미에서는 친구와 여행을 가기 위해 후쿠오카에서 홀로 도쿄까지 가출해버리는 유우카와는 정반대인 듯하면서도 어딘가 비슷할지도 모른다.

"개인 간의 문제라고 생각하고 있었는데, 계약서의 갑과 을은 어디까지나 회사와 회사니까. 회사를 방패로 삼아서."

"그거네잉, 학교에서도 편리한 그거!"

"맞아 맞아. 누가 뭔가를 그만했으면 할 때……."

"'그거 그만하라고. 「선생님이 그랬어」!'"

"호가호위. 아니, 권위자의 보증이라 해야 할까요."

맞아맞아, 내 편이 없을 때 편리하지, 라며 어딘가 서로 깊이 공감하고 있는 띠동갑에 가깝게 나이 차이가 나는 여성진. 미오 씨에게도 그런 시절이 있었던 건가~ 하고, 10년 이상도 전의 일을 살짝 상상하면서 나는 손에 들고 있던 마지막 패를 자리에 놓았다.

"자, 끝."

"에?! 오빠 한 장 남았을 때 우노라고 말했어?!"

"글쎄, 말하지 않았나?"

"마츠토모 씨, 우리가 얘기한다고 소홀해진 것을 노려서……?"

"글쎄요, 어떨까요?"

중요한 이야기를 한다면 중단하면 될 것을 열중한 나머지 손으로는 게임을 하면서 이야기한 것이 잘못이다. 자신의 패나 상황은 보여도 다른 사람의 패까지는 주의가 미치지 않을 것이다. 그러니 내가 일부러 우노를 말하지 않은 것도 알아채지 못했다. 둘 다 승부사가 되려면 아직 멀었네.

"으그극……! 사오토메 씨, 오빠는 초 6때 고등학생 언니한테 프로포즈 했다가 까인 적이 있어요."

"어머, 그래?"

"이 녀석, 복수할 생각이냐. 넌 사람의 마음이 없는 거냐!"

"승부의 장에서 간사스러운 짓 하지 말어! 한 번 더!"

"한 번 더!! 한 번 더!!"

둘이서 바득바득 항의하는 모습은 마치 자매 같았다. 뭘까, 이런 미오 씨는 처음 본 것 같다. 단순히 유우카에게 이끌리고 있는 걸까, 아니면 미오 씨 안에서 어떤 변화가 일어나고 있기 때문일까. 그건 아직 모르겠지만.

그건 분명 좋은 변화일 것이라는 확신이 들었다.

"유우카?"

"왜?"

"네가 와줘서 다행이야."

미오 씨에게 있어서 이는 분명 한 걸음 앞으로 나아가는 사건이니까.

"뭔지 모르겠지만 그런 건 아무래도 좋거든!!"

"운치라곤 하나도 없구나, 너."

압박감이 굉장하다. 뭔가 여러 가지가 전달되지 않은 것 같은데.

"그래 그래, 몇 판이든 어울려줄게."

미국의 홈 드라마에서 자주 하는 어깨를 으쓱이는 포즈로 '이런 이런'이라는 말을 하면서 나는 카드를 섞기 시작했다.

그날 밤, 미오 씨의 업무용 스마트폰은 두 번 정도 착신음을 울렸지만 미오 씨가 전화를 받는 일은 한 번도 없었다.

◆◆◆

"시로가네 씨한테 있지, 권력형 괴롭힘 관련 전문가를 소개받았어~."

"어제 그 일이 있고 바로요?"

"어제 그 일이 있고 바로."

어제 결국 패배하여 판나코타를 먹지 못한 유우카의 요망으로 만든 '세련된 티라미수'에 코코아파우더를 뿌리면서, 나는 미오 씨와 성가신 거래처와의 전말에 대해 듣고 있었다.

"항상 그렇지만 일 처리가 빠르네요?"

"8월의 트러블은 8월 안에 정리하고 싶어서."

"올해의 때는 올해 안에, 이런 것처럼."

"맞아 맞아."

일이니까 어쩔 수 없는 건 있지만, 필요한지 아닌지는 다른 문제지. 그렇게 말하면서 정장을 벗고 막 옷을 갈아입은 미오 씨는 보리차를 쭉 들이켰다.

'필요와 어쩔 수 없는 것은 별개.'

유우카에게도 도움을 받고 그렇게 말한 것은 분명 나지만. 그 다음 날, 세간에서 말하는 프리미엄한 프라이데이(^프리미엄 프라이데이: 매월 마지막 금요일에는 오후 3시에 퇴근하는 제도)에 벌써 행동으로 옮길 줄은 몰랐다.

"그건 그렇고 과감하다고 해야 할까요."

"어제, 마츠토모 씨랑 유우카한테 이야기를 들려줬잖아?"

"네."

"이야기하는 사이에 나도 이건 좀 아니라는 생각이 들어서."

"그런 거 있죠, 다른 사람에게 설명하고 처음으로 이상함을 깨닫는 패턴."

"어째선지 혼자서는 못 깨닫는단 말이지. 그리고 있잖아."

유우카를 보면서 알아차린 건데, 라며 운을 뗀 미오 씨는 이어서 말했다.

"자신의 행복을 위해서 끈덕지게 힘쓰는 사람은 의외로 멋지구나."

"……그렇네요."

자신이 행복해지는 미래조차 보이지 않던 미오 씨에게 어떤 자극이 되었다면. 유우카가 온 것에도 의미가 있었던 걸지도 모르겠다.

"그래서 나도 조금 고집을 부려보기로 했어."

"좋네요. 시로가네 씨도 협력해줘서 잘 됐네요."

시로가네 씨도 사무소에 갔을 때의 대화를 듣고, 미오 씨가 귀찮은 거래처를 맡은 건 아는 눈치였다. 일부러 사전에 준비까지 한 건 아니겠지만, 그게 머리의 한구석에 있는 것만으로도 초동조치의 속도는 전혀 달라진다.

"자세한 건 앞으로 정해지는데."

"뭐 어떻게 된답니까?"

"다음에 집에 있을 때 전화를 걸면 그쪽 회사가 신문에 실릴지도."

"아하~ 하긴, 그런 시대지요."

불행 중 다행이라고 해야 할까, 시간을 따지지 않고 걸려오던 전화 내용은 어디까지나 업무 내용으로만 한정되어 있었던 모양이다. 하지만 만약 문제가 커져 뉴스가 나서 '거래처의 여성에게 공사 구분 없이 빈번하게 전화했다'는 표제가 붙으면, 그렇고 그런 취급을 받게 될 것이다. 믿음직하면서도 무서운 레이와 시대이다.

"그래서 오늘 밥은~?"

"화제 전환이 빠르네요."

"세계는 고속화되고 있다고."

문제가 하나 해결되었다면 바로 다음 문제로. 그것이 레이와의 비즈니스인 듯하다. 그렇다면 나도 거기에 따르자.

"그럼 신속하게 대답하자면 새우튀김입니다."

"그렇구나~. ……새우튀김? 새우덴뿌라가 아니라?"

고속화라는 말을 하면서도 느릿느릿 움직이던 미오 씨의 움직임이 딱 멈췄다.

"새우덴뿌라가 아니라 새우튀김이에요."

"소면 시리즈가 아니라는 거야?"

확실히 소면에 맞추려면 새우덴뿌라를 해야 할 것이다. 새우튀김은 어느 쪽이냐 하면 나폴리탄의 파트너다.

그렇다, 오늘의 식탁에는 그 친숙하고 하�գ고 길고 가느다란 모습은 없다. 왜냐하면.

"소면을 부순 걸 튀김옷으로 만들어봤어요."

"튀김옷으로?"
"시험해봤더니 의외로 좋아서요."
건조한 소면은 상당한 염분을 포함하고 있다. 그걸 튀김옷으로 쓴 결과, 튀김옷에 소금 맛이 붙으니 조금 참신한 튀김이 완성되었다.
"소스의 양은 적게 하고 레몬이나 카보스(^감귤류의 일종. 큐슈의 오이타에서 주로 재배하며 레몬처럼 음식에 뿌려먹거나 음료의 원료로 사용된다)랑 같이 먹으면 어울릴 거예요."
굳이 결점을 들자면 소면이 딱딱해서 잘못하면 선인장처럼 입안에 박힌다는 점이려나.
"이, 있잖아, 마츠토모 씨."
"뭔가요?"
"내가 식욕이 없었던 이유의 95%는 아까 얘기한 키부네 씨 때문이기는 한데."
"그럼 나머지 5%는 다른 이유인가요?"
"매일 소면 공세를 받은 탓도 5%, 아니, 3% 정도는……."
"미오 씨."
"화, 화났어? 미안해, 밥에 불만이 있는 건 아닌데……."
"화 안 났어요. 화내도 소면은 줄지 않으니까요."
"그야 안 줄겠지……."
그렇다, 우리가 대처해야 하는 다음 문제가 이거다.
소면이…… 줄지 않는다.

실력 좋은 마케터인 미오 씨의 거래처에는 고지식하게 전통을 지키는 사람이 많은지 백중날에는 품질 좋은 소면을 받는 일이 많다. 다만 그 양이 엄청나다.

"초여름에 싫증 내지 말고 전부 다 먹자고 말한 저한테도 책임이 있어요."

"칠석날이었나. 그런 얘기를 했었지."

"폭포에라도 부어서 나가시소멘(^차가운 물을 따라 흐르는 국수를 젓가락으로 건져 먹는 일본의 풍습)을 할까 싶을 정도로 양이 많은 건 계산 밖이었어요."

싫증 내지 않기 위한 어레인지도 한계에 달한 요즘, 난 새로운 가능성을 모색하기 시작했다. 따뜻한 소면, 이른바 '뉴우멘'에서 힌트를 얻은 냄비소면은 그 효시다. 무침으로 만들거나 볶음으로 만드는 등의 과정을 거쳐 지금은 국제화도 불사하는 자세로 임하고 있다.

그러나 여전히 도착점까지의 여정은 멀었다.

"얼마나 더 있어……?"

"어디 보자…… 소면 완식까지의 길을 유우카가 거친 후쿠오카~도쿄 여정에 비유하면 말이죠."

"그, 그래, 유우카! 유우카가 많이 먹었으니까 그만큼은 줄었지?!"

유우카가 먹은 양의 이미지를 표현한 걸까, 손으로 커다란 원을 빙글빙글 그리면서 미오 씨가 기대에 찬 눈빛을 보냈다. 다른 사람이 유우카의 위장에 이렇게나 희망을 거는 것은 처음일지도 모른다.

참고로 당사자인 유우카는 심부름하러 자리를 비웠다. 새우튀김을 먹는데 타르타르소스가 다 떨어져 있었기 때문이다.

"네, 유우카 덕분에 상당히 전진해서."

"오오!"

"오카야마에서 신오사카까지는 신칸센을 탔다, 정도의 전진이죠."

"오카야마에서 신오사카. 후쿠오카~도쿄인데."

후쿠오카에서 육로로 도쿄로 가는 경우, 산요 신칸센과 도카이도 신칸센이 전환되는 신오사카는 딱 중간 정도이다. 그렇다, 중간지점이다.

"아직 반이나 남았어……?!"

"아직 반이나 남은 게 아니에요, 벌써 반이나 먹었어요, 미오 씨."

"그, 그렇지! 마음을 어떻게 먹는지가 중요하지! 반이나 먹은 거야!!"

그렇다, 마음은 중요하다. 그렇지 않으면 앞으로의 싸움을 버틸 수가 없다.

"맞아요, 그렇게 하는 거예요, 미오 씨."

"음, 지금은 백중 선물을 받고 한 달 조금 지났지. 다시 말해서 한 달쯤 지나면……."

한 달 조금 넘게 들여서 절반 왔으니, 똑같은 만큼 더 들이면.

"네, 그걸로 작년분이 끝나요."
"어? 작년?"
"작년이에요."
"작, 년……?"
나무상자에 담긴 고급 소면은 그만큼 유통기한도 길다. 하지만 그렇기 때문에 '그럼 다음에 먹어도 괜찮으려나'라는 심리가 작용한다.
"미오 씨, 작년 여름은 혼자 보내셨을 거 같은데, 얼마나 먹었는지 기억하나요?"
"……두, 세 묶음 정도."
"즉, 거의 그대로 남아있어요. 물론 올해 소비하지 않으면 내년에도 또 늘어나요."
"아바바바……."

'딩동~'

미오 씨가 굳은 순간에 방의 인터폰이 울렸다. 유우카가 타르타르 소스를 사서 돌아온 것이리라.
"다녀왔습니다~! 오빠, 사는 김에 초콜릿도 사왔어~."
"유우카 너, 심부름 가서 과자를 사다니, 진짜 초등학생이냐?"
"유우카!"
미오 씨가 거실에 나타난 유우카의 손을 꽉 쥐었다.

“네, 네!”

“당분간 우리 집 애 안 할래?!”

“우째서?”

“미오 씨, 다른 사람의 여동생을 헤드헌팅 하지 마세요.”

“그, 그럼 마츠토모 씨랑 같이 고용한다?!”

“우째서?!”

시끌벅적하게 계속 떠드는 미오 씨와 유우카는 혼란스러워하면서도 정말 즐거워 보였다.

그렇다, 즐겁다. 즐거운 것은 중요하다.

이웃집 누나에게 ‘어서 와’라고 말하는 것. 그것이 나의 일. 전대미문의 업무 내용이지만 월급은 30만. 일어나는 사건은 예상 밖의 일뿐이고 고용주(미오 씨)에 대해서도 아직 모르는 것이 훨씬 많지만.

그래도 이 일은 굉장히 즐겁다.

즐거운 것은 분명하지만.

“‘이웃집 누나네 집에서 소면을 먹는 일’을 만들어내지 말아 주실래요? 미오 씨!”

관련 업종이 너무나도 불가사의하다.

"……선배, 안녕하세요."

"피곤해 보이는디, 무라사키……."

"선배야말로, 보기에도……."

월요일이다. 세상에서 가장 불쌍한 신이 있다고 한다면 분명 월요일의 신이라고 생각할 정도로 불합리하게 미움받는 월요일이다.

게다가 세상은 아직도 아슬아슬하게 여름휴가. 출근 전철도 평소보다 비어있었고, 승객도 사복을 입은 학생이나 가족동반객이 눈에 띄었다.

그런 전철 속에서 수면 부족인 몸을 질질 끌며 출근하는 우리, 너무 훌륭하다.

"무라사키 때문이여……. 니가 한 번 더, 한 번 더 하자믄서 졸라대니께……."

"선배도 좀 더 살살 해줬어도 되잖아요……."

"카~……. 허리 아프구마잉~."

서로에게 책임을 떠넘긴다고 해도, 졸음도 피로도 딱딱하게 뭉친 관절의 아픔도 사라지진 않는다.

이웃한 데스크에 동시에 앉자 싸구려 의자가 삐걱 소리를 냈다. 기분 탓인지 건너편에 있는 오오야마 씨가 왠지 엄청난 표정으로 쳐다보는 것 같았다.

정말이지, 그건 그렇고.

"설마 보드게임이 그렇게까지 가혹할 줄은 몰랐구만."

"집중력이 필요하니까, 자기도 모르게 똑같은 자세로 있게 된단 말이죠. 어깨나 허리에 부담이 커요."

"그쟈~."

갑자기 건너편에 있는 오오야마 씨가 의자에서 미끄러져 떨어졌다. 무슨 일이 있는 걸까.

"계속 말을 따고 놓아서 점점 뭐가 뭔지 모르게 되고."

"그건 비슷한 것만 사니까 그런 거잖에. 뭣 헌다고 3연속 땅따먹기 게임을 하는 것이여 시방."

"역시 조금은 반성했어요."

"덕분에 꿈에서도 좀비를 전자레인지로 데워서 출하하는 일을 해부러서 잠을 잔 것 같지가 않어……."

"우연이네요. 저도예요……."

일요일인 어제는 무라사키가 졸라서 보드게임을 같이 했는데, 결국 밤 10시까지 계속 이겼다. 덕분에 게임 내용이 꿈에 나올 정도로 우리의 뇌에 박히고 말았다.

오늘 밤도 잠잘 수 있을지 조금 불안하다. 여러 가지 의미로.

"덕분에 목도 뻐근해서 하나도 안 돌아가는구만."

"보이는 그대로네요."

"그랴, 진짜로 안 돌아간다고. 무라사키 너도 그르냐."

"네, 목이 30도도 안 돌아가요. 정말로 안 돌아가요."

"후딱 일 끝내불고 교정원이나 마사지를 받으러 가야 쓰겄구만."
"예."

◆◆◆

"그러고 보니 선배, 언…… 미오 씨한테 연락이 왔는데."
일을 시작하고 1시간도 지나지 않은 9시 45분에 무라사키가 말을 걸어왔다.
그건 그렇고 이 후배는 여전히 다른 사람을 부르는 호칭이 안정되지 않았다. 서로 별명이나 이름으로 부르는 것에 익숙하지 않은 걸까. 여자의 사회라면 오히려 그러는 사람이 많다는 이미지가 있는데.
그런 배경은 둘째치더라도 중요한 것은 메시지 상대다.
"오, 사오토메 씨한테서! 뭔 일이데?"
"9월 3연휴 때 괜찮으면 당일치기 여행이라도 가지 않겠냐고."
"호~, 여행이라."
"어떻게 하실래요? 갑자기 부른 거니까 무리는 하지 말라고 적혀있는데."
"미안한디, 패스."
"별일이네요? 미오 씨가 부르면 두말없이 갈 줄 알았는데."
"3연휴잖어? 친구랑 약속이 있단 말이여. 선약이 있으면 당연히 지켜야제."

"하지만 괜찮은가요?"

지극히 성실한 대답을 했다고 생각했는데, 오늘의 무라사키는 굉장히 끈질기게 물고 늘어진다.

"뭐가."

"둘이 여행 중에 조난됐는데 힘을 합쳐 생환하거나 하면 미오 씨는 정말로 마츠토모 선배의 것이 된다구요? 서로에게 목숨을 맡겼던 사이를 갈라놓을 것은 아무것도 없어요."

"아야, 최근에 뭔 책 읽었는지 한 번 말해보더라고."

"죄송해요, 어제 잠이 안 와서 모험소설을 읽었어요."

솔직한 것은 좋은 것이다.

"잠이 안 올 때 또 잠이 깰 것 같은 걸 읽고 자빠졌어. 그렇게 재밌냐."

"굉장해요. 남극에서 배가 난파돼서 고래나 바다표범을 먹으면서 겨우겨우 포경기지가 있는 섬까지 간 줄 알았더니, 마을 사이에 전인미답의 얼음 황야가 있었고."

"그게 뭔 설정이다냐."

"실화에요."

"실화였냐."

"네, 거기를 로프와 손도끼와 징을 박은 부츠만으로 답파한 사람들의 논픽션이에요. '인듀어런스 호'로 검색하면 나와요."

"호~, 어디 보자……? 우오, 이거 굉장한디, 무라사키."

"반응이 너무 빠르지 않나요. 엄청난 사진이라도 나왔나요."

"세빠빳치의 검색결과가 늘었당께! 내가 찾은 검색 한 건 워드가 죽어부렀어!"

"'인듀어런스 호'로 검색해주세요."

"그랴."

일하는 중이라 언뜻 보는 게 한계지만, 이건 굉장하다. 인류가 가진 용기의 위대함을 알 수 있는 에피소드다.

"인간찬가는 용기의 찬가라고 하는디, 말도 참 잘했어."

"인간의 훌륭함은 용기의 훌륭함이죠."

"그래서 이야기를 되돌리면."

"네."

"맛츠와 사오토메 씨가 조난되어 지도도 없는 미개척지에서 어쩔 수 없이 가혹하고 죽음을 각오해야 하는 길을 가게 됐는데 빈약한 장비와 식량으로 몇 개월에 걸친 서바이벌에서 생환하면 내가 들어갈 여지는 없어진다 이 말이지?"

"그렇죠."

"무사히 돌아와 주면 충분하다고 생각혀."

"저도 그렇게 생각해요."

"이번엔 같이 못 노니까 다음 연휴에라도 내가 세팅하고 부르지."

올여름 들어 가장 쓸데없는 이야기를 해버린 듯한 느낌이 들었다.

이럭저럭 하는 사이에 시곗바늘이 움직여 시각은 오전 10시 30분.

"근디 무라사키."
"뭔가요."
이번에는 내쪽에서 말을 걸었다.
"어제 근처에 생긴 새 카레 가게 얘기를 했잖여?"
"아아, 후쿠신즈케를 나눠주고 있었다는."
어째서인지 열다섯 봉지나 나눠줘서 무라사키에게 두 봉지 줬다.
"돌아가는 길에 봤드만 다른 가게가 돼 있었어."
"망해버린 걸까요."
"아니, 키마카레* 가게가 돼 있었어."
"키마카레 가게?"
"사실 카레 가게가 되기 전에는 그린 카레 가게였어."
"한 번 원점회귀 했네요."
"참고로 점장도 점원도 똑같아. 어째 생각하냐?"
이것에 대해 어떻게 생각해? 이런 질문은 어지간히 조잡한 질문이지만 무라사키는 10초 정도 가만히 생각했다. 아마 또 엉뚱한 대답을 끌어낼 것이다.
"난이 맛있다면 괜찮다고 생각해요."
"한없이 정론이었구마잉. 미안, 무라사키."
"? 아뇨 아뇨?"
"뭐, 왜 이런 얘기를 하고 싶었느냐 하믄."
키마 카레 가게로 바뀌었다는 것을 알아차린 나는 궁금해서 나

*다진 고기를 넣은 카레. 키마는 힌디어로 다진 고기를 뜻한다

도 모르게 들어가고 말았다. 마지막 주문을 받는 시간 직전에 아슬아슬하게 들어갔음에도 불구하고 흔쾌히 맞이해준 점원과 담소하고 있을 때. 난 어떤 정보를 입수했다.

"거기, 다음엔 여친 카레 가게가 된다고 하더라고."

"여친 카레? 뭔가요, 그게."

"여친과 남친, 즉 커플 한정 카레 가게인 것 같아."

"사양할게요."

빠르다. 그리고 냉혹하다.

"그렇지만 궁금하잖여. 장사를 그래 하는데 수지는 어떻게 맞추는지도 포함해서."

"부정하진 않지만, 주위에서 진짜 커플이 '자, 아~' 하는 상황 속에서 먹는 카레가 맛이 있을 것 같진 않네요."

"그래도 무라사키."

이 대답은 이미 예상하던 바였다. 그러니 이쪽도 반격할 준비가 되어 있다.

"뭔가요."

"멜론빵 가게였으면 주위에 커플밖에 없어도 혼자서 돌격할 수 있는 타입 아녀?"

"부정은 안 해요. 하지만 그건 그거고 이건 이거예요."

"다른 집은 다른 집이고 우리 집은 우리 집이다?"

"어머니한테 들으면 왠지 가슴이 아파지는 말이네요."

어렸을 때를 떠올리고 있는지 아주 아주 아주 약간 위를 바라

보고 있었다.

“그래서 신장개업하는 가게의 새로운 메뉴로.”

“그렇게 매번 낚이진 않아요. 카레도 각별히 좋아하지도 않으니까.”

“카레 멜론빵이 나온대.”

“……뭐라구요?”

“카레 멜론빵이, 나온대.”

카레빵과 멜론빵. 인기 많은 빵끼리 도킹한 꿈의 빵.

카레를 채운 빵 반죽을 튀기지 않고 전용 쿠키 반죽을 입혀서 굽는다고 점원 여자아이가 말했다.

“………어쩔 수 없네요.”

“지금 허벌나게 고민했구만.”

“도망치려고 하는 상식과 확인하고 싶다는 긍지가 가슴 속에서 소용돌이치고 있어요.”

“죽을 때는 시방 다 같이 죽는 것이여.”

“그건 혼자서 부탁드릴게요.”

후배가 차갑다.

“그라믄 오늘이나 내일 가는 거냐.”

"언제 또 바뀔지 모르니까요. 빨리 가는 편이 좋겠죠."
"그랴."
올여름 들어 두 번째로 쓸데없는 대화를 해버렸다.

"한 가지 더 괜찮나요, 선배."
"그래, 말해봐."

"무라사키, 생각이 나버렸는디."
"뭔가요."

"선배, 잠깐만요."
"오야."

"후배."
"선배."

"""저기."""

그렇게 맞이한 점심 전 시간. 계장인 오오야마 씨가 자리를 비워 사무소에 느슨한 분위기가 넘치던 때.

드디어 타이밍이 겹쳤다.

"먼저 말하세요, 선배."

"아녀, 순번으로는 무라사키가 먼저제. 말해보더라고."

"그럼. 저, 분위기를 파악하지 못하는 편이라서."

"알고 있어."

"다른 사람의 감정을 헤아리는 건 특히 서투른데요."

"흠."

"이게 '거북하다'는 감정이군요. 드디어 알았어요."

"강철가면 메가 키란에게 감정이 싹튼 건가. 박사님께 보고해야 쓰겄어."

"전 지구를 지키는 거대로봇이 아니고 아버지와 어머니 사이에서 태어났으니 박사님도 없어요."

"성실한 대답 고맙다."

"아니에요."

그렇게 진지한 얼굴로 말하는 무라사키 로봇이 지금까지 '거북하다'는 감정을 모르는 채로 살아왔다는 것이 놀랍고 납득이 가지만.

현재, 최우선과제는 지구의 평화보다 더 가까이에 있다.

"그래서 내 용건 말인데."

"네."

"무라사키, 역시 앞은 못 보는 것이냐?"

"무리예요."

"그런가, 무리인가."

"죄송해요. 목이 20도밖에 안 돌아가요."

"아침엔 30도였잖여."

"낫지 않을까 싶어서 이것저것 시험했더니 악화해서."

"아야, 목은 소중히 여겨야 한단 말이다."

"죄송해요."

보드게임 지옥에서 이어지는 뒤숭숭한 꿈자리에 의한 불편한 잠자리.

그에 따라 잠을 잘못 자서 내가 오른쪽밖에, 무라사키가 왼쪽밖에 못 본다는 걸 안 것은 동시에 출근해서 얼굴을 맞댄 순간이었다.

그 이후로 3시간, 나와 무라사키는 서로를 가만히 바라보는 채로 업무 수행을 강요당하고 있다.

"쓸데없는 이야기라도 안 하면 버틸 수가 없구만."

"참고로 츠치야 선배는요?"

"무리. 이 각도 외에는 목이 꺾여서 떨어져부러."

"목은 소중하니까 떨어뜨리면 큰일이겠네요."

진지한 얼굴로 말하는 무라사키에게 딴지를 걸 기력도 없다. 거북함으로 사람이 죽지 않을지는 몰라도 마음은 죽는다.

"무라사키한테는 어울리겠다 싶어서."

"선배, 오블라토라고 아세요?"

"알파화한 전분을 건조한 얇은 종이 아녀. 유럽에서 발명돼서 메이지 35년에 일본인이 한천을 써서 지금에 가까운 형태로……."

"선배."

"미안하당께."

엄청난 눈으로 째려봤다. 맛츠가 사오토메 씨에게 똑같은 질문을 받았을 때는 이렇게 넘어갔다고 들었는데.

"뭐, 무라사키가 고생하고 있는 건 알았어."

"그거 고맙네요."

무라사키의 키는 145cm. 전에 검색해보니, 11살의 평균 신장과 똑같은 정도였다는 걸 기억하고 있다.

얼굴은 어른스러우니 초등학생으로 착각하는 일은 역시 없다. 하지만 그렇기 때문에 작은 키가 더 두드러져 고등학생 이상으로 보이지 않는다는 딜레마에 빠져 있다.

"이 사회는 불합리해요. 불합리하다고요."

"뭐가."

"좋아서 작은 게 아닌데. 교육도 제대로 받았고 일도 하고 있는데. 사회는 우리에게 아동복을 입히려고 부당한 압력을 가해요."

저희.

아마도 전국의 수천인가 수만 명 있는 동안계 140cm대 사람들을 대변하고 있는 것일 것이다. 중얼거리는 SNS에서 반응이 폭발적일 것 같다.

“음~, 근디 어른스러운 옷도 아예 없는 건 아니지 않어?”

“네, 좀 적지만 분명 있어요.”

“그라믄…….”

그걸 입으면 되잖아.

그렇게 말하기 전에 체념한 듯한 눈빛으로 무라사키가 중간에 끼어들어 대답했다.

“입으면 주위에서 ‘어른스러워서 좋네’라고 말해요.”

“어른인데?”

“어른인데 그래요.”

“그건…… 응. 거 참 큰일이구만.”

“선배.”

“어어.”

“웃고 싶으면 당당하게 웃어주는 게 기분이 편해요.”

“앗핫핫하! 그게 뭐다냐, 겁나 웃기네. 완전 애를 대하는 반응이잖에!”

“선배.”

“어어.”

“이 가슴에 끓어오른 분노와 증오, 절대로 안 잊을 거예요.”

“너무 불합리한데.”

이렇게 불합리가 불합리를, 증오가 증오를 낳는 것인가. 이러니 세상에서 전쟁이 사라지지 않는 것이다.

"어서 오세요, 손님. 주문은 정하셨나요~?"
타이밍을 보고 있었는지 점원이 와줘서 목숨을 건졌다. 빨간 체크무늬 앞치마가 어울리는 갈색머리에 파마를 한 누님이다.
"선배, 먼저 주문하세요."
"그랴, 그라믄 치킨 카레 곱빼기에 매운 정도는 중간에 라씨랑……."
살짝 테이블 너머를 보니 무라사키가 또 메뉴 아래쪽을 가만히 바라보고 있었다.
그렇게 괴로운가. 어린이에게 대인기인 메뉴를 주문하기만 하는 일이 그렇게나 괴로운 일인가. 아무래도 너무 신경 쓴다는 느낌도 든다.
……아니, 그 괴로움을 정하는 건 내가 아닌가.
분명 무라사키는 지금까지 몇 번이고 몇 번이고 그렇게 괴로운 경험을 해왔을 것이다. 다른 사람은 이해 못 하는 아픔은 누구에게라도 있다. 무라사키에게 있어서 '아이 같다'는 말을 받아들이는 건, 나로서는 상상할 수 없는 아픔을 동반하는 일일지도 모른다.
그렇다면 조금은 배려해주는 것도 선배의 책무다.
"……카레 멜론빵이라는 것도 재밌어 보이네잉. 그거 두 개 주세요."
"선배……?"
"신경 쓰지 마."
진짜로 놀란 얼굴로 보지 말았으면 한다. 그런 얼굴로 쳐다보면 누구도 무시할 수 없는데.

"네, 알겠습니다. 그럼 그쪽 손님의 주문은?"

"아, 카레 멜론빵 세 개요."

아니, 저기요?

"네? 같이 오신 분과 합쳐서 다섯 개라는 말인가요?"

"네, 그렇게 주세요."

"아, 알겠습니다. 완성될 때까지 잠시 기다려주세요."

"무라사키이~?"

당당하게 말했다. 내 배려가 눈곱만큼도 전해지지 않았다. 아까 전까지 지었던 생각에 잠긴 표정은 무엇이었단 말인가.

"뭔가요."

"너, 아이한테 인기라는 메뉴를 주문하는데 저항이나 그런 건."

"……익숙해졌어요, 이미."

"그, 그러냐. 안 좋은 걸 물어봤구만."

아련한 눈이다. 눈빛이 아련해졌다. 극복해온 수라장을 돌이켜보는, 역전의 만화가 같은 눈을 하고 있다.

22년의 인생을 살면서 똑같은 괴로움을 너무 많이 극복한 것이리라. 이미 아픔을 느끼지 않는 것인가, 느끼지 않는다고 믿고 있는 것인가. 어느 쪽이든, 역시 다른 사람의 아픔은 이해할 수 없는 것 같다.

"하지만 선배도 신경 쓰였군요. 두 개나 주문하다니."

"어, 어어. 뭐 그렇지."

말할 수 없다. 그냥 너랑 하나씩 먹을 생각이었다고는 말할 수 없다.

"덕분에 조금 주문하기 편해졌어요. 감사합니다."

"……그럼 됐어야."

뭐, 전혀 쓸데없는 건 아니었던 것 같으니 좋게 생각하자. 이 녀석도 이러니저러니 해도 쌓아두는 타입이니 발산하는 것은 중요하다.

근데 카레에 추가로 멜론빵 두 개인가~.

곱빼기 카레에 추가로 도전적인 멜론빵 두 개인가~.

어떡하지.

"2,130엔입니다~."

거칠게 말하자면 인간의 혀는 '기름'을 맛있다고 느끼게 되어 있다.

카레도 그 한 예인데, 카레 루는 카레 가루와 밀가루를 기름으로 갠 것이다. 카레빵에 이르러서는 한술 더 떠서 기름으로 튀기니 맛있는 게 당연하다. 그런 건 맛츠가 잘 아는 것 같으니 기회가 있으면 물어볼 생각이다.

아무튼 무슨 말을 하고 싶냐 하면.

"예상 이상으로 맛있었죠, 선배."

"그래."

카레 멜론빵, 맛있었다.

빵 반죽에 카레를 채우고 쿠키 반죽을 입혀서 구운, 악마가 합체한 듯한 빵. 어떤 물건인가 싶었는데, 이게 의외로 합리적이었다.

쿠키라는 과자는 밀가루와 설탕을 버터로 반죽하고 구워서 만든다. 그 정도는 나도 알고 있다. 그리고 카레는 앞서 말한대로 밀가루와 카레 가루를 기름으로 개어서 만든다.

그렇다, 카레 루와 쿠키는 전혀 다른 음식인 것 같으면서도 사실은 가까운 존재이다. 기적적인 만남을 이룬 둘은 카레 멜론빵이라는 새로운 여신으로 전생한 것이다.

"튀기지 않는 대신 버터를 많이 쓰고 카레와 싸우지 않도록 단맛을 조정한 멜론빵. 정말 훌륭했어요."

"감사합니다!"

"이 가게에서 고안했나요?"

"네, '미래 오브 카레는 프론티어'가 점장님의 말버릇이라서. 여러 요리나 식재와의 조합을 모색하고 있어요."

"그렇군요?"

"주방에는 실제로 가네샤의 그림이 장식되어 있어요."

"그렇군요!"

어떻게 된 말버릇인 거냐. 어떻게 된 주방인 거냐. 그보다 가네샤는 어떤 신이었지. 분명 코끼리의 머리가 인간에 얹힌 듯한…….

"그런가…… 카레 멜론빵은 가네샤인가……."

"선배, 왜 그러세요?"

"아니, 암것도 아녀…… 얘기는 나중에……."

뭐, 아무리 맛있다고 해도 기름 온 기름이다. 뭐든 적정량이라는 게 있는데. 역시 곱빼기 카레에 추가로 두 개는 힘들었다. 먹었지만.

"무리해서 전부 먹으니까 그렇잖아요. 어떤 멜론빵도 사람을 고통스럽게 하기 위해 존재하지 않는다고요?"

뭔가 장대한 말을 하는 무라사키의 손에는 카레 멜론빵이 든 비닐봉지가 흔들흔들 흔들리고 있었다.

아무리 무라사키가 멜론빵을 좋아한다고 해도 저 작은 몸에 세 개나 들어갈까.

아슬아슬하게 싸우면서 불안감을 품은 나를 제쳐두고, 무라사키는 두 개 먹은 시점에 점원에게 포장용 봉투를 받는다는 행동을 취했다. 가게 안에 먹는 곳이 있는 빵가게에서는 비교적 평범한 일이라고 한다.

카레 가게에서는 별로 볼 수 없는 일이지만, 어려운 일을 요구한 것도 아니다. 점원도 흔쾌히 받아들였고 무라사키는 만족스러운 표정으로 자기 몫을 계산하고 있었다. 나도 미리 알고 싶었다.

"그런데 여긴 커플만 들어올 수 있는 카레 가게죠?"

"네, 그렇게 하고 있습니다."

"전에는 보통 카레 가게였고, 그전에는 그린 카레 가게였다고 들었는데. 왜 그렇게 바꾸는 건가요?"

"아~, 그 부분 말인가요."

그건 나도 신경 쓰였다. 전에 왔을 때는 물어보지 못했지만, 이렇게까지 빈번하게 전문을 바꾸는 이유는 물어보고 싶었다.

"그게 말이죠, 점장님이 가네샤 신에게 경의를 너무 표한 나머지……."

"나머지?"

"가게의 얼굴, 그러니까 간판을 갈아 치우는 것에 빠졌대요."

"그렇구나!"

"아니, 그건 오히려 불경하잖여! ……이런, 큰 소리를 내니 속이."

상당히 예상 밖의 이유였는데, 그런 이유라면 앞으로도 계속해서 장르가 바뀔 것이다. 그것도 카레 한정으로.

"사정은 알았어요. 하지만 카레 멜론빵은 인더스 문명에 자랑해도 좋은 완성도라고 생각해요. 또 먹으러 올 거니까 계속 만들어주세요."

"그러고 싶은데……. 아무래도 커플 한정으로 한 뒤부터 매출이 확 떨어져서. 어째서일까요……."

"그거 이상하네요……?"

생각에 빠진 여자 둘. 타개책을 찾으려 하는 건지 작게 끙끙대고 있었다.

아니, 적어도 한 가지 이유는 명백하다고 생각하는데……. 나는 더 이상 말을 하고 싶지 않으니 가만히 있겠다. 말 안 해. 말

안 한다고.

"손님 말씀대로 맛은 나쁘지 않다고 생각해요."

"그렇죠."

"이름이 조잡하다는 느낌이 나는 건 완전히 부정할 수 없지만, 커플 한정으로 한 뒤부터 떨어질 이유는 없고."

"네, 무엇보다도 멜론빵이구요. 멜론빵이라면 잘 팔리는 게 당연하죠."

딴지 안 걸 거야.

"선전 문구도 확실하게 메뉴에 적어서 어필했고……."

"개인적으로는 받아들일 수 없지만, 어린이를 손님으로 끌어들이는 건 중요하죠."

"타피오카 펄이라도 채워봐야 할까요……."

"시기적으로는 찹쌀을 채워서 오하기(^멥쌀과 찹쌀 반죽에 앙금을 넣어서 만드는 찹쌀떡) 풍으로……."

"음~."

"음~~~."

"……아니, 커플 한정인 가게에 왜 아이한테 인기 많은 메뉴가 있냔 말이여. 겁나 수상하잖여, 그런 건."

"헉!"

"그러고 보니……!!"

이런, 말을 하고 말았다. 속이 안 좋아.

"아, 아니, 하하하. 아무리 그래도 저희도 그렇게까지 바보 같은 실수는 안 한다니까요~. 일부러 그런 거예요, 일부러!"

"그렇대요, 선배."

"……그르냐."

이 이상 여기에 있으면 둑이 터져서 사회적으로 죽는다. '사인: 바보짓의 과잉섭취'로 죽다. 빨리 철수하는 게 좋다.

"자, 가자 무라사키……."

"네, 선배. 점원분도 매상이 오르면 좋겠네요."

"가, 감사합니다. 또 오세요~. ……점장님, 큰일이에요! 저희는 큰 오산을……."

유리문을 나섬과 동시에 뒤에서 소리가 희미하게 들렸다. 뭐, 맛있는 카레 가게인 건 확실하니 이걸로 매상이 개선된다면 잘된 일로 치자.

"또 와요, 선배."

내리쬐는 태양에 아스팔트에서 올라오는 열기. 셔츠에 순식간에 땀이 맺힐 정도의 더위로 매미조차 죽어있는 와중에 우리는 역을 향해 걷기 시작했다.

"다음 갔을 때는 커플 전용이 아니었으면 좋겠구만. 신경 쓰여."

"그런가요? 전 상관없는데."

"……어, 어어, 그래?"

문득 왼쪽 아래를 보니 무라사키가 봉투 안에 있는 멜론빵을 확

인하고는 행복해하고 있었다. 표정이 옅어서 알기 어렵지만, 아마도 행복해하고 있다. 즐긴 것 같아 다행이다.

……오늘 밤은, 소면 같은 걸 먹자. 그렇게 하자.

"응?"

그런 생각을 하고 있으니, 어느 틈엔가 스마트폰에 채팅이 와 있었다. 먹느라 힘에 부쳐 알아차리지 못했던 모양이다.

"맛츠가 보냈잖여. 오~, 이거 또 타이밍이 기가 막히네잉."

"마츠토모 선배가 뭐라고 보냈나요?"

"아니, 마침 오늘 밤에는 소면을 먹을까 싶었는디."

마츠토모 유우지:
좋은 소면이 있는데, 오늘 밤에라도 먹으러 안 올래?
많이 있으니까 가지고 가도 돼.

"아, 저한테도 미오 씨가 보낸 똑같은 메시지가 왔어요."

"솔찬히 있는 모양이구만."

"갈 건가요?"

가지 않을 이유가 없다. 오히려 목적이라면 하나 더 있다.

"후쿠신즈케, 가지고 갈까."

방금 간 카레 가게가 전에 신장개업해서 나눠줬던 후쿠신즈케.

집에 아직 11봉지 있으니까 가는 김에 잔뜩 들고 가야겠다.

"소면에 어울릴까요."

"모르겄는디, 이렇게라도 안 하믄 영원히 없어지질 않어."

"……부정하기 어려울지도 모르겠네요."

"원망 말더라고, 맛츠."

양에 따라서는 전부 받아주지는 않을지도 모른다. 한 봉지라도 많이 떠넘길 수 있도록 뭔가 구슬릴 수 있는 말을 생각하자. 그리고 인터넷으로 검색하면 효능 같은 게 나올 테고.

그런 생각을 하고 있던 이때의 나와 무라사키는 설마 일곱 봉지의 후쿠신즈케가 50다발의 소면으로 바뀔 줄은 꿈에도 모르고 있었다.

"3시간이었어요."

"3시간……."

"네, 3시간이에요."

3시간. 3시간이다. 왕복하면 6시간이다.

"츠쿠바랑 오오아라이는 이동에 그렇게나 걸리는구나……."

"약간 상상을 초월하네요."

"지도로 보면 가까울 것 같은데."

"직선거리로 치면 50km 정도일까요. 야, 유우카, 텐진에서 오오무타까지는 전철로 얼마나 걸렸지?"

"2시간 정도 아녀?"

후쿠오카현을 세로로 관통하는 니시테츠 텐진오오무타선은 그 이름대로 후쿠오카시 중심부에서 후쿠오카현 남단의 오오무타까지 잇는 철도다. 후쿠오카현 거의 끝에서 끝까지 이동해서 2시간이라는 뜻이다.

"이바라키현도 그 정도 스케일인 줄 알았어요."

"나도……."

이전에 얘기한 무라사키에게 이바라키현 안내를 받는 투어. 9월의 3 연휴를 이용해서 개최할까 하는 이야기가 나왔지만, 츠치야가 선약이 있어 어쩔 수 없이 연기하게 되었다. 하지만 조사만 하는 건 공짜이니 조금 검색해보자는 이야기가 나와 지금에 이른다.

무라사키의 고향이기도 한 츠쿠바를 본 다음 수산시장과 수족관, 그리고 어째서인지 전차로도 유명한 오오아라이정에 가서 해산물이라도 먹자. 그런 계획을 짜고 있던 우리의 경솔함을 깨우쳐주기라도 하듯이 스마트폰에 표시된 환승 안내 사이트가 알려주었다.

"하지만 그렇게 되면, 전에는 바다에 갔으니까 이번엔 산에 가는 건 어때요?"

"산이라~."

광대한 관동평야를 가진 관동지방도 평야인 곳은 어디까지나 도쿄와 카나가와 서쪽 한정이고, 전체적으로는 다른 지방과 마찬가지로 산이 많은 지형이다. 명산, 영산이라 불리는 산도 많으니 오를 산이 없어 애먹지는 않을 것이다.

츠쿠바를 고집한다면 츠쿠바산이라는 선택지도 있다.

"캠프를 가도 괜찮지 않어? 유행도 하고 있응께."

"1박 2일로 느긋한 느낌의 캠프라. 그것도 좋네. 미오 씨는 어떤 산이 좋다, 그런 거 있어요? 산은 많이 있으니까 조건이 다소 빡빡해도 뭐든 걸릴 거예요."

미오 씨가 음~ 하고 작게 신음하면서 천장을 바라보길 몇 초.

"가는 것만으로도 약간 특별한 느낌이 나고 낮에도 덥지 않고 모기도 살모사도 그리마도 없고 사람이 너무 많지도 너무 적지도 않고, 그리고 일하면서 만난 사람에게 재밌게 이야기할 수 있는 산이 좋아."

생각보다 빡빡한 조건이 왔다.

등산에 그렇게 정통하지 않은 내 지식으로는 그 조건에 부합하는 산은 하나밖에 없다.

"……에베레스트, 일까요."

세계 최고봉.

특별한 느낌이 있다. 덥지 않다. 위쪽이면 벌레나 뱀도 없다. 업무 회의에서 '전에 살짝 에베레스트에 갔다 와서요'라고 말한 날에는 무조건 분위기가 고조된다. 완벽하다.

"사람, 적지 않아?"

"힐러리 스텝에는 순서를 기다리는 줄이 생기는 일도 있대요."

"와~."

에베레스트의 유명한 난코스로 좌우가 2,000m 이상의 낭떠러지라 한 명씩밖에 지나갈 수 없다고 인터넷에서 봤다.

그러고 보니 무더위 속에 늘어서 있는 밀크티를 기다리는 줄을 보고,

'세상에서 가장 위험한 줄은 무엇일까'

가 궁금해져서 조사해보고 알았던가. 그 외에는 바티칸의 크리스마스나, 일본은 여름 코미컬라이즈 마켓 같은 게 나온 기억이 있다. 대기 시간이 전부 반날 등의 '날' 단위였다.

"에베레스트를 위해 네팔까지 간다면 여권의 기한을 확인해야겠네요."

"하지만 그건 좀 먼 것 같은데~."

"그럼 좀 더 가까운 곳으로 가요."

츠치야나 무라사키도 불러서 그, 이름은 모르겠지만 핫 샌드위치를 굽는 것도 준비해서 가보는 것도 재밌을 것 같다.

"유우카가 여기에 있는 동안에 갈 수 있었으면 좋았을 텐데."

"나도 가고 싶은데~."

"무라사키와 유우카를 나란히 세워보고 싶지만, 이번만큼은 안 되겠지."

유우카가 의자 위에서 바닥에 닿지 않는 다리를 파닥거렸지만, 그것도 어쩔 수 없는 일이다. 유우카의 희망으로 도쿄에 머무르는 기간을 늘려온 것도 오늘까지니까.

오늘은 8월 30일. 길었던 여름방학도 내일로 끝이다.

여름방학을 고향에서 보낸 사람이 도쿄로 돌아가는 이른바 '귀경길 정체'는 오봉 끝 무렵이 피크다. 한편, 반대로 여름방학을 도쿄에서 지낸 사람이 돌아가는 길은 한산한 경우가 많고, 거기에 더해 여름 막바지까지 버티는 사람은 소수파인지 뉴스가 되는 일도 별로 없다.

그런 배경을 가미해도 도쿄라는 것만으로도 상당한 혼잡을 동반하는 가운데, 나와 미오 씨는 개찰구 앞에서 유우카를 배웅하고 있었다.

"개찰구 안까지 배웅하러 갈 건데."

"오빠, 입장권은 얼마래?"

"140엔이지."

"그럼 됐어야."

"그러냐."

"아까워."

140엔이면 닥터페퍼를 살 수 있으니까. 유우카는 도쿄에서 만나 감동했다는 탄산음료 두 개를 집어넣은 캐러멜색 가방을 찰싹찰싹 두드리면서 발차 시각이 나열된 전광판을 올려다보고 있었다. 옷은 플레어 소매의 하얀 컷앤소에 감색 미디스커트를 입어 여기에 왔을 때와 비교하면 조금은 나이에 맞는 모습으로 바뀌어 있었다.

무엇에 돈을 쓰고, 무엇에 쓰지 않을 것인가. 낭비벽이 생기는 것보다는 자기 나름의 가치관으로 생각하는 정신이 배어있는 게 훨씬 낫다.

"잘 들어, 유우카. 스마트폰 충전은 신칸센에서 똑바로 해둬. 그쪽에 도착해서 치히로 누나한테 연락하면 마중을 와줄 거니까."

"알고 있어."

"도카이도 · 산요 신칸센이다. 깜빡해서 죠에츠나 토호쿠에 타면 돌아오는 것만으로도 큰일이니까 조심해."

"알고 있어."

"남은 돈으로 아이스크림을 사도 좋지만, 꽤 비싸."

"알고 있어."
"참고로 스푼이 부러질 정도로 딱딱해."
"알고…… 에, 뭐여 그게."
신칸센의 판매 카트에서 살 수 있는 아이스크림은 아무튼 딱딱하다. 보존을 위해 꽝꽝 얼려서인지 제법의 문제인지 모르겠지만 나무나 플라스틱 스푼이 허무하게 패배하는 경도를 자랑한다. 회사 출장으로 신칸센을 탔을 때, 살짝 들뜬 기분이 스푼과 함께 꺾인 기억이 되살아났다.
"너무 딱딱한 나머지 인터넷에서도 가끔 화제가 되는데 말이야. 철도회사도 그걸 인지한 결과, 그 아이스크림에 닉네임이 붙었어."
"사오토메 씨, 알어?"
"어, 들어본 적 없는 것 같은데……. 텅스텐 아이스크림?"
딱딱한 것=텅스텐이라는 중후한 초이스는 제쳐두고, 정답은 좀 더 직설적이다.
"신칸센 엄청난 딱딱한 아이스크림."
이유, 신칸센의 엄청나게 딱딱한 아이스크림이니까.
"신칸센 엄청나게 딱딱한 아이스크림."
"아니, 공식으로 천장 고리형 광고로 걸린 건 신칸센 '엄청난' 딱딱한 아이스크림 쪽이야."
"그래……?"
"그려……?"

"……이런 얘기를 하고 있었더니 슬슬 출발 시간이네요."

"아."

추억 이야기 같은 건 도쿄에 있는 동안에 거의 다 해서 마지막에는 이런 이야기를 하게 되었다. 그만큼 충분한 시간을 보냈다고 생각하기로 하자.

"그럼 조심해서 가."

"사오토메 씨도 잘 지내요~!"

"유우카."

"왜?"

"또 와."

"뭔지 잘 모르겠지만, 알았어!!"

개찰구를 빠져나가 이쪽에 손을 흔들면서 빠른 걸음으로 홈으로 향했다. 동생의 성장에 감동할 정도로 늙은 건 아니지만.

"다음에 만날 때는 좀 더 커져 있을 것 같네."

"그렇네요."

오기만으로 도쿄까지 왔을 때보다 자신감에 넘치는 발걸음을 보고 솔직하게 그렇게 생각했다.

"으엇."

"아얏."

신칸센 플랫폼에서 두 사람이 부딪쳐 비틀거렸다. 한쪽은 큰 가방을 안은 소녀인데, 무거운 짐을 제대로 부리지 못해 부딪친 듯했다.

다른 한쪽은 초로의 남자인데, 이쪽은 단순히 걸어 다니면서 스마트폰을 봤다.

"죄, 죄송합니다!"

"조심하라고! 정말이지……."

"실례했습니다!!"

이래저래 어수선한 도쿄인데 신칸센 플랫폼은 더더욱 정신이 없다. 머리를 숙여 사과한 소녀는 2초 만에 남자의 시야에서 사라졌다. 남자는 자신에게 부딪친 소녀의 얼굴을 떠올리며 작게 고개를 갸웃했다.

"응~? 지금 얼굴, 어디서 본 것 같은데……. 아니, 누군가랑 닮은 듯한데……."

"쿠치키 선생님! 괜찮습니까?!"

8월의 토요일인데도 셔츠에 넥타이 차림을 한 그야말로 샐러리맨처럼 보이는 한 중년 남자가 달려왔다.

"아아, 괜찮아, 괜찮아. 이래 봬도 옛날엔 유도를 했으니까."

"대단하십니다. 정정하시네요."

"이렇게라도 하지 않으면 레이와 시대의 비즈니스 세상에서 살아갈 수 없네, 도로부네 군."

"이야, 머리가 절로 숙여지네요. 그런데 전 키부네입니다."

풀네임은 키부네 코헤이. 어느 중간 규모 제조사에서 과장을 맡고 있다.
"그래서, 오늘은 친목회였나?"
"네, 요정을 예약해뒀습니다."
"허허, 미안하구만."
"아뇨, 아뇨. 일전에 당국의 감사까지 받게 될 정도로 커진 일련의 트러블을 훌륭하게 수습한 쿠치키 사장님이니까요. 컨설턴트 계약을 맺는 것이니 이 정도는 당연합니다."
"하하하, 지금은 전 사장이야."
"이거이거, 실례했습니다."
"그럼 자세한 이야기는 나중에 술자리에서 듣기로 하고, 듣자하니 큰 거래처를 잃을 것 같다고?"
"부끄러운 일입니다만……. 미력하게나마 최선을 다했지만, 관련된 마케팅 회사의 담당이 비협조적이라서……."
"마케팅 회사인가. 그러면 못 쓰지, 거래 사이에 끼어서 돈을 슬쩍하는 돼먹지 못한 놈들이야. 우리 회사가 위기에 빠진 것도 원인을 밝히자면 마케팅 회사가 발단이었으니 말이야."
"전해 들었습니다. 그 소동의 책임을 지고 물러나셨다고."
여러 기업, 특히 대기업이 연루된 트러블이 일어나면 그 정보는 업계 내에 순식간에 퍼진다. 그걸 알고 조용히 지켜보는 자, 개입해서 이름을 알리려는 자, 거기서 이익을 얻는 자, 입장이나 목적에 따라 다양한 인간이 생겨나는데 확실하게 말할 수 있는 것이 한 가지 있다.

트러블이라는 것은 '일어났다'는 사실만은 정확하게 전달되어도, 그 자세한 사정은 사람의 입을 거치는 사이에 변화하고 깎여 나가 정확함을 잃어간다는 것이다.

때에 따라서는 가해자와 피해자가 바뀌거나, 트러블의 원인이 된 사람과 해결한 사람이 바뀌기도 한다. 그런 일이 실제로 일어난다. 일어나고 만다.

"뭐, 후임은 어떻게든 하는 모양이고 회사는 순조로운 것 같네. 젊은이 육성에 힘을 쓴 게 주효했지."

"그 수완을 부디 저희를 위해 발휘해주십시오! 쿠치키 선생님의 힘으로 제 실적이 올라가면 더더욱 편의를 봐 드릴 테니……!"

키부네가 입수한 정보 또한 크게 왜곡된 것이었다. 그러니 그는 모른다.

눈앞에 있는 남자가 그 트러블을 해결한 주역이기는커녕 만악의 근원이었다는 사실을.

자신이 깎아내리고 있는 마케팅 회사야말로 트러블을 해결한 측이고 그 담당자가 적으로 돌린 사오토메 미오였다는 사실을.

"자자, 택시 승강장으로 가시죠."

"음."

사오토메 미오라는 선택지를 버리고, 대신 쿠치키 전 사장에게 고액의 보수를 지급하여 컨설턴트로서 영입한 키부네의 그 뒷이야기에 대해서는…….

예상을 배신하지 않으니 상세한 내용은 생략하도록 하겠다.

사건의 발단은 3일 전으로 거슬러 올라간다.

"빈스타를 시작하면 친구가 늘어난다고 들었어~."

"갑자기 어쩐 일이에요, 미오 씨."

저녁거리를 사러 가는 데 따라오고 싶다고 한 미오 씨는 길가의 돌멩이를 스마트폰으로 촬영하고 그렇게 말했다. 갑자기 왜 땅바닥에 납작 달라붙는가 싶었는데, 괜찮은 느낌의 돌이 있었던 모양이다.

괜찮은 돌로 팔로워가 얼마나 늘어날지는 제쳐두고, 갑자기 SNS를 시작하다니 무슨 바람이 분 걸까.

"혹시 츠치야나 무라사키랑 무슨 일 있었어요?"

"에, 왜?"

"아니, 갑자기 친구를 늘린다고 말해서요. 지금 있는 친구랑 무슨 일이 있었나 싶어서."

"……츠치야 씨랑 키란은 친구로 쳐도 되는 거지?"

"거긴 자신감을 가지세요. 괜찮아요, 아마도."

"아마도……."

"부주의한 단언의 위험성을 시로가네 씨한테 배운 참이라."

후쿠오카의 라멘 가게는 전부 돈코츠를 취급한다고 말해서 지적당했다. 변호사 무서워.

"정확함은 중요하지."

“100%인 건 이 세상에 거의 없으니까요. ‘절대로 널 놓지 않을 거야’라는 말이 절대적인 곳은 드라마 속뿐이에요.”

“있지, 그런 거. 진심이면 그 자리에서 혼인신고서에 이름을 쓰면 될 텐데.”

적어도 반지 같은 걸로 봐줬으면 한다. 석양에 물든 해변에서,

‘사랑해. 절대로 널 놓지 않을 거야.’

라고 말하고 혼인신고서에 도장을 딱 찍는 건 조금, 그림이 별로 멋지지 않다.

“아, 그러고 보니 시로가네 씨가 말했을지도. 요즘은 반지도 계약 취급을 하는 경우가 있대. 세간에 반지를 준다=약혼이라는 상식이 침투했으니까.”

“어라? 시로가네 씨는 혼인 관련 일도 하고 있나요?”

“안 할 건데.”

변호사 세계에서는 일반적인 지식인가, 아니면 시로가네 씨 개인이 조사한 사항인가.

웨딩케이크라는 말에 눈빛이 아련해진 여자 변호사의 얼굴을 떠올리면서, 나는 모퉁이에서 오른쪽으로 꺾어 차도 쪽에 서게 된 미오 씨의 왼편으로 돌아 들어갔다.

“인생은 가지각색이네요.”

“인생은 가지각색이지.”

미오 씨한테도 불똥이 튈 것 같으니 깊이 파고들지는 않았다.

“그래서 빈스타 하시는 거예요?”

"맞아 맞아, 빈스타 빈스타."

빈스타그램, 줄여서 빈스타.

전세계 10억 명의 이용자를 자랑하는 사진투고 SNS다. 일본은 젊은 여성을 중심으로 퍼졌으며, 좋은 사진을 올려 팔로워를 모으는 것이 스테이터스가 되는 경우도 있다고 한다. 인기인이 되면 친구가 생기기 쉬운 건 사실이긴 하니, '빈스타를 시작하면 친구가 늘어난다'는 것도 반은 정답이라 볼 수 있나.

"츠치야 씨랑 키란이 어쨌다는 게 아니고, 그 왜, 두 사람은 마츠토모 씨를 경유해서 알게 됐잖아?"

"그렇네요, 둘 다 저의 전 동료니까요."

"나도 슬슬 자력으로 친구를 만들어야 한다고 생각해."

"알기 쉬울 정도로 유우카의 영향을 받았군요?"

친구 만들기에 관해서는 한없이 적극적인 동생이 남긴 손톱자국은 생각보다 컸던 모양이다.

"그건 그렇고, 미오 씨는 SNS같은 건 안 하는 타입인 줄 알았어요."

"그래?"

사람과의 관계를 만드는 수단으로 보자면 SNS가 가장 간편할 것이다. 그런데 미오 씨는 나를 고용하기 전에 쭉 혼자 지내던 때에도 시작하지 않았는데.

"전에도 했는걸? 닉시랑 Die With We."

"닉시라니, 또 미묘하게 트렌드에서 벗어난 것을……."

"그래도 말이야."

"네."

"친구 신청을 할 수 없어서 그만뒀어."

"왠지 그럴 거 같았어요."

느위터라면 좀 더 편하게 할 수 있지 않냐고 말하려 했지만, 아마도 팔로우 0명 / 팔로워 0명의 공간에서 유유자적하게 계속 중얼거리는 계정이 생길 것이다. 그런 느낌이 들었다.

"근데…… Die With We? 이건 처음 들어보네요. '우리랑 죽어줘'라니, 뭔가 뒤숭숭한데."

"스마트폰의 배터리 잔량이 5% 이하일 때만 쓸 수 있는 SNS앱."

"5% 이하일 때만 쓸 수 있다고요?"

"일부에서는 유명해."

"아, 진짜다. 검색하니까 나오네요."

그렇군, Die는 배터리가 다 되는 걸 말하는 건가. 함께 배터리가 다 되는 순간을 맞이합시다, 라는 의미일 것이다.

"유료에 일본어 지원을 안 해서 일본인은 거의 없어."

"왜 또 그런 앱을……."

"외국인이라면 평생 만날 일도 없고, 금방 배터리가 다 닳는다면 대화가 이어지지 않아도 괜찮지 않을까~ 싶어서."

합리적이다. 굉장히 합리적인 이유다. 친구 만들기라는 본래 목적을 잃어버렸다는 점을 제외하면 말이지만.

"그래서 그만두고, 이번에는 빈스타인가요."

"이번에야말로 열심히 할 거야. 그러니까 마츠토모 씨, 카페에 가자."

"카페요?"

"크림 같은 게 올라가 있는 걸 찍을 거야. 이걸로 드디어 쓸 수 있어."

쓸 수 있다니?

"뭘요?"

"'카페에서 먹는 밥에 관한 조항'."

사오토메가(家) 근로 규칙의 세칙 중 하나, '카페에서 먹는 밥에 관한 조항'.

무라사키가 미오 씨와 만난 날에 만들었던가. 미오 씨와 카페에 가는 것을 근로 규칙상 어떻게 취급해야 하는가를 정리한 조항이다. 철야로 우노를 한 뒤의 고양된 상태로 쓴 결과, 어지간한 기업의 규칙에 뒤지지 않는 수준의 정교함과 완성도를 자랑한다.

"……정했었죠, 그런 거."

"그렇게 열심히 정했으니까 쓰고 싶어."

그리고 3일이 지나, 토요일.

집에서 지내고 있으면 잊어버릴 것만 같지만 미오 씨는 우수한 마케터다. 다종다양한 업계에 정통하며, 마음만 먹으면 대부분의 일은 실수 없이 처리하는 올라운더이다. 마음만 먹으면 집이 종말 세계처럼 되지만, 그건 제쳐두고.

그런 미오 씨이니 사진을 찍는 것도 물론 능숙하다. 집에서도 후우쨩이나 아아쨩을 가끔 찍고 있으며, 빛을 조절하고 좋은 각도로 찍어 인형의 매력을 끌어낸 사진이 몇 장이나 스마트폰에 저장되어 있다.

그러니 오늘 우리가 찾아온 화제의 세련된 카페에서는 분명 좋은 사진을 찍을 수 있을 것이다. 흔히들 말하는 반응이 터지는 사진을. 터지고 터지고 또 터지는 사진을.

"마츠토모 씨."

"왜요, 미오 씨."

"집에 가서 카페오레 안 마실래?"

"눈앞에 카페가 있어요, 미오 씨."

다 가게에 들어갔을 때의 이야기지만.

카페 앞에 멈춰선 등을, 가게 사진이라도 찍는 줄 알고 기다리길 3분. 당찬 눈으로 천천히 '집에 가자'고 말하기 시작한 사오토메 미오 씨, 28세이다.

"여기에 오는 길에 다시 냉정하게 생각해봤어. 사진을 찍기 위해 예쁜 팬케이크나 예쁜 커피를 주문하는 것에 대해서."

"말수가 적다고 생각했는데 그런 걸 생각하고 있었군요."

"자신이 한 행동의 의미를 생각하는 건 책임을 생각하는 것과 똑같이 소중한 일이야."

"그건 선전을 포고하는 대통령 같은 사람이 생각하는 거네요."

확실히 사진을 찍기 위해서만 요리를 주문하고 거의 남기고 돌아가는 빈스타그래머가 이따금 문제가 되고 있긴 하지만.

"그래서 있지, 난 이렇게 생각해. 집에서 마실 수 있는 건 집에서 마시는 편이 지구에도 지갑에도 좋지 않을까."

"그렇군요. 그런데 미오 씨."

그렇다고는 해도 그런 사람은 빈스타그래머 중에서도 극히 일부. 우리는 주문한 이상 전부 먹으니 심각하게 생각할 일도 아닐 것이다.

미오 씨도 그건 알고 있지만, 문제는 따로 있다.

"왜?"

"주문은 제가 할게요."

"…………."

"…………."

미오 씨, 생각하기를 5초.

"자, 빨리 들어가자, 마츠토모 씨. 시간은 금이야."

"명언이네요."

아무리 멋진 공간이라도 거기에 머무르기만 할 거라면 기척을 죽일 수도 있다. 하지만 주문할 때만은 점원을 상대해야만 하는데, 미오 씨가 생각하기에는 그 점이 철수 라인이었던 모양이다. 집 근처의 일반적인 카페에는 혼자서도 가니 미묘하게 정해둔 선이 있는 것이겠지.

뭐, 기척을 죽여도 묻히지 않을 정도로는 미인이란 오산이 있지만. 이따금 이쪽을 보는 그룹이 있는 것 같다.

"마츠토모 씨, 이건 얼마야?"

메뉴를 보면서 미오 씨가 얼마냐고 물어봤다. 그 말이 의미하는 것은.

"설탕, 우유, 휘핑크림, 초콜릿이 들어가고 컵 사이즈를 보면…… 450킬로칼로리로 추정돼요."

"이건?"

"설탕, 우유, 휘핑크림, 바나나, 딸기, 마시멜로, 러스크…… 740킬로칼로리로 추정돼요."

"고마워."

다시 메뉴에 시선을 떨군 미오 씨 너머로 가까이에 있던 점원이 다시 이쪽을 봤다. 유우카와 동갑 정도의 여고생들도 다시 이쪽을 봤다.

일하고 있는 거니까 그런 눈으로 보지 않았으면 한다.

"미오 씨, 정했어요?"

"그래, 이거랑 이거랑……."

약간 수상한 사람을 바라보는 듯한 시선을 보내는 점원에게 미오 씨의 주문을 전하고 기다리길 5분.

"오오……!"

"이런 건 처음 주문했는데, 과연 이건……."

크림 베이스의 흰색과 연보라색 천연색소로 층을 만들고 휘핑크림과 오렌지 소스로 장식해 가을답게 코스모스를 연상시키는 배색. 재료가 좋은지 장난감 같은 싸구려 느낌은 전혀 없었다.

미오 씨는 솔직하게 감탄하는 나를 제쳐두고 원래 목적대로 스마트폰을 꺼냈다.

"좋아, 찍는다."

"상위 빈스타그래머는 찍는 방법도 연구한다고 하는데 어떻게 찍을 건가요?"

"괜찮아, 사전 리서치는 완벽해."

"호오, 그럼 어떻게?"

미오 씨는 자신 있는 얼굴로 컵을 잡았다. 오른손에는 어째선지 셀카모드의 스마트폰.

"가슴에 얹어서 손을 쓰지 않고 마신다!"

"그건 좀 다른 문화권의 풍습이에요, 미오 씨!"

주로 버블티로 해서 버블티 챌린지라고 불리기도 하는 인터넷에서 생겨난 게임, 이라기보다는 개인기다.

"어, 뭔가 잘못됐어?"

"아마 미오 씨가 상정하고 있는 필드와는 조금 어긋나 있다고 해야 할까요, 영국 문화와 프랑스 문화라고 해야 할까요."

"도버 해협 레벨……?!"

"팔로워는 늘지도 모르지만, 친구는 늘지 안 늘지 모른다고 해야 할까요……."

"연습해왔는데……."

"연습까지 하신 건가요."

연습해온 모양이다. 지금도 집에 혼자 있는 시간에는 무엇을 하는지 생각하기도 하는데, 그런 걸 하고 있었던 건가.

"얹는 건 바로 됐어. 자."

"……!! 얹혀 있어!"

진짜로 되는 사람이 있구나. 안정감이 엄청나다. 모이는 시선도 엄청나다.

"얹는 것까지는 되는데, 얹은 채로 찍는 게 꽤 어려워서……."

"평범하게 가게의 인테리어를 구도에 넣어서 찍어요. 저기 있는 보존화 같은 걸 배경으로 삼아서."

"내 노력이……."

눈에 띄는 걸 싫어하는 것 치고는 무엇을 하면 눈에 띄는지에 대한 인식이 약간 어긋나 있으니 이해가 안 됐다. 일어서서 걷기만 해도 눈에 띄니까 오히려 의식이 엷어지는 걸까.

"예쁘게 찍혔지만……. 뭔가 평범하네."

"평범한 게 제일이에요."

사진을 찍는다고 해도 오랜 시간을 들이면 휘핑크림이 녹거나 잔에 물방울이 맺히거나 해서 예쁘지 않다. 미오 씨는 재빠르게 촬영하고 길고 가느다란 스푼을 꽂았다.

"아, 맛있어."

"겉모양을 중시하는 줄 알았는데 재료도 좋은 걸 쓰고 있네요."

미오 씨는 소문이 날만하다고 말하며 얼음이 녹아 맛이 옅어지기 전에 다 먹기 위해 고속으로 손을 움직였다.

"나중에 키란이랑 유우카한테도 사진 보내줄까."

"어라, 빈스타에는 안 올리나요?"

"첫 업로드는 사진을 더 모은 다음에 가장 좋은 걸 올려야 한다고 생각해."

"그렇군요."

그러는 사이에 열기가 식어버리는 것이 SNS에서 자주 일어나는 일이라는 건 제쳐두고. 지금까지 함께하면서 내가 얻은 결론은 하나다.

"미오 씨."

"왜?"

"이거, 계속할 거예요?"

"재고의 여지가 있어."

지친다. 나도 미오 씨도 엄청나게 지친다.

오픈 카페 위의 높디높고 맑은 가을 하늘의 아름다움에는 이길 수 없는데, 사람은 왜 꾸미는가. 어울리지도 않게 철학적인 생각을 하는 가을날의 깨달음이었다.

"카페는 다니지 말고 꽃 같은 걸 키우는 건 어때요?"

"시드는 게 마음 아파서 알로에 같은 게 아니면 무리야."

"아~ 있죠, 그런 거."

들꽃은 그렇지 않은데, 화분에서 키우는 꽃이 시들고 말라가는 건 엄청 슬프게 느껴지는 그 현상은 대체 뭘까.

"근데, 알로에가 반응이 있을까요."

"그렇게 말해놓고 이런 말 하긴 뭐한데 무리일 거야."

"그렇죠."

알로에를 좋아하는 사람도 있겠지만 팔로워를 늘리기에는 안 맞는 것 또한 사실이다. 다른 수단이 필요하다.

"직접 만든 요리 같은 건?"

"무리지. 아, 나이트한 풀이 좋다고 들은 것 같은데."

"파티한 피플의 홈인데요."

"관둘게."

남은 성석 소재 '수예'노 가까이에 무라사키라는 실력사가 있다. 명백하게 자기보다 뛰어난 사람이 있는데 사진을 업로드해서 팔로워를 늘리는 것도 미오 씨에게는 안 맞는다.

"그러면…… 응?"

미오 씨의 음료가 7할쯤 사라졌을 때 스마트폰이 진동했다.

"츠치야한테서 왔네요. 가을 연휴는 비어있냐고."

"…………저기."

"미오 씨의 예정도 묻고 있어요. 전에 거절한 걸 메꾼다고 해요."

"비어있어."

주위에서 어떻게 놀지 이야기하고 있으면 자기도 거기에 포함되어 있는지 갈피를 못 잡는 모양이다.

"넷이서 캠프에 가지 않겠냐고 하네요."

"캠프?"

"시즌이죠."

마침 요전에도 가고 싶다고 이야기한 참이다. 게다가 지금은 가야 할 이유가 있다.

"마츠토모 씨, 캠프 하면?"

"산의 풍경, 컬러풀한 텐트, 핫 샌드위치 만들기!"

"오오!"

"가을하늘 아래서 다 같이 마시멜로를 구우면서 기념 촬영!"

"반응, 좋을까?"

"좋을 거예요."

나는 스마트폰에 캠핑하러 가자! 하고 입력했다.

◆◆◆

폭발적인 반응을 찾아 카페에 갔다가 우여곡절 끝에 캠핑으로 방침을 변경하여 맞이한 연휴.

"""산……!"""

"미오 씨, 스탑."

"무라사키, 스테이."

"엣?"

"엣?"

바다다~! 라고 외치는 느낌으로 산이다~!* 라고 외치려고 한

*일본어로는 '야마다'~!가 된다

미오 씨와 무라사키를 츠치야와 분담해서 제지하면서 우리의 캠프는 시작되었다.

“맛츠, 저기 있는 가족이 뒤돌아봤는디.”

“부르는 줄 알았겠지, 분명.”

단풍이라 부르기에는 아직 이르지만, 여름의 파릇파릇함은 가을하늘에 완전히 녹아든 산속. 캠프장에는 색색의 텐트가 늘어서 있었다. 뒤돌아본 일가족도 포함해서 가족동반객이 많은 듯했다.

“그라믄 맛츠, 텐트는 간단하게 설치가 끝났구만.”

“요즘 텐트는 굉장하네.”

초등학교 시절, 자연교실(전국적으로는 ‘임간학교’라는 명칭이 일반적이라고 한다)에서 텐트를 친 기억이 있다. 그 노후화된 천과 쇳덩어리와 비교하면, 15년 정도가 지나니 상당히 가벼워지고 편해졌다.

빠르게 설치가 끝나서 매점이 열려있을 때 민속공예품을 보고 싶다는 무라사키를 따라 미오 씨도 스마트폰을 한 손에 쥐고 나가서 캠프장에는 남자 둘이 남겨졌다.

“그럼, 숯불이라도 피워둘까.”

“벌써 하냐? 그렇게 안 서둘러도 될 것 같은데.”

바비큐 식재는 대부분 집에서 손질을 해왔기 때문에 불을 피우고 구우면 먹을 수 있다. 이제 막 도착했으니 조급해할 필요도 없다.

“아니, 숯불을 확 피우기 위한 준비를 하는 거지.”

"느긋하게 할 시간이 있어도?"

"있어도."

즉, '숯불을 피우는 것'과 '숯불을 확 피우는 것' 사이에는 뭔가 큰 차이가 있는 것이리라.

"숯불을 확 피우면 어떻게 되냐."

"아따, 모르는 거냐, 맛츠."

어째서인지 한 박자 쉬고 말했다.

"인기를 끌 수 있다고."

츠치야가 말하길, 불에 강하면 남자다운 모습을 돋보이게 해서 여성에게 인기를 얻기 쉽다는 데이터가 있다고 한다. 데이터가 있다면 그렇게 되겠지. 하지만 한 가지 문제가 있다.

"츠치야, 숯불을 피워본 경험은?"

"동영상은 몇 개나 봤어. 하는 법은 알고 있어."

"야, 그건 남자 고등학생이 어른이 보는 비디오를 보고 말하는 대사라고."

"긍께 지금 살짝 연습해두자는 거지."

"피운다는 게 연습한다는 소리였냐. 남자다움은 어디로 갔냐."

불을 빠르게 피우는 것이 멋있다는 말은, 반대로 버벅대면 멋없다는 말이다. 그러니 예행 연습을 해두자, 그런 말인 것 같다.

"어이쿠, 미안, 전화 왔네."

숯 상자를 여는 츠치야를 돕고 있으니 스마트폰에 전화가 왔다. 정확하게는 전화가 아니라 무료 채팅 앱으로 온 전화다.

발신자 이름, '유—카!!! on 라이스'. 전에는 평범하게 '유우카' 였는데, 친구의 취미로 몇 번이나 바뀐 듯한 이름이 표시되어 있었다.

"…………."

난 볼륨 내림 버튼을 꾹 누르고 통화를 연결했다.

'(왜! 내가 있을 때!! 안 하는 것이여 시방!!!)'

"아 미안, 못 들었어. 어차피 소리치겠지 싶어서 음량을 너무 낮췄네."

나는 통화음량을 표준으로 돌리면서 숯불을 피우려고 고생하는 츠치야에게 가져온 헌 신문을 건네줬다. 비틀어서 불을 붙이면 착화제가 된다.

'그래서 진짜 캠프하고 있데?'

"하고 있어. 지금부터 불 피울 거야."

'캠~프~!!'

또 소리쳤다. 따가운 귀를 스마트폰에서 떼면서, 나는 동생에게 당연한 의문을 제기했다.

"어떻게 캠프가 오늘이라는 걸 알았어? 너한테는 아직 아무 말도 안 했잖아."

'방금 사오토메 씨한테서 채팅이 와서.'

"아아, 미오 씨한테서 왔나."

체재 기간은 짧았지만, 사이가 좋아져서 다행이다. 내 고막은 희생당했지만.

'근디 이해가 잘 안 되는 게.'

"왜 그래?"

'저주 인형 같은 사진도 딸려왔어.'

"저주 인형?"

'게다가 사오토메 씨한테서 답장이 오지를 않어.'

"……그러고 보니 미오 씨랑 무라사키, 기념품을 보기만 하러 간 것 치고는 꽤 늦는 것 같은데."

'그 캠프장, 저주받았을지도 모르는디, 괜찮어?'

예상을 조금 벗어난 정보를 듣고 나는 미오 씨 일행이 간 매점으로 시선을 돌렸다.

나와 키란의 의논은 분규(紛糾)를 겪고 있었다.

"이건 귀여운 것의 범위 안에 들어가요. 기념품이라는 용도로 생각해봐도 그렇게 만들어졌을 거예요."

"아니지, 예쁜 것의 틀에 들어가지. 애초부터 어른 대상의 인형이 기원일 거야."

"리얼한 것을 데포르메 해서 귀여움으로 바꾼다. 그것이 크리에이션이고 일본의 귀여움 문화의 근원이에요."

"일본의 미의식은 원래 우키요에처럼 성숙한 아름다움을 중시하는 거야. 전통적인 사상이 남아있다면 이건 예쁜 것에 들어갈 거야.”

눈앞에 있는 빨간 기모노를 입은 인형이 귀여운 계열인가 예쁜 계열인가.

작은 엇갈림은 이미 서로의 미의식을 건 싸움으로 발전해 있었다.

“키란이 이렇게까지 대항하는 건 의외였어.”

“일단 인형을 만드는 쪽이기도 했으니 거기서 물러나면 패배하는 거라고 봐야 할 거예요.”

“하지만 이래서는 끝이 안 나지…… 제삼자의 의견을 물어보자.”

“츠치야 선배나 마츠토모 선배 말인가요?”

둘에게 물어보는 것도 좋지만, 지금은 가능하면 여자가 좋다.

“남녀평등의 시대지만, 역시 남녀의 의식 차이는 있다고 생각해.”

“있죠.”

“마츠토모 씨는 알아줄 것 같은 느낌이 안 드는 것도 아닌데.”

“츠치야 선배는 무리예요.”

딱 잘랐다. 진지한 표정으로 딱 잘라 말했다.

“그냥 있으면 친절하고 착한데, 어째서인지 정기적으로 남자다움을 추구해서 이해가 안 가는 일을 해요.”

“남자다움?”

“얼마 전에는 탕비실에서 스쿼트를 하고 있었어요.”

“이해가 안 되네.”

근육을 붙이려는 걸까.

“그리고 밥을 너무 많이 먹어서 좀 무서워요. 어떻게 점심에 도시락 두 개를 먹을 수 있는 건가요. 회사의 회식에서도 제가 다 먹을 수 있는 양만 남기고 전부 먹고.”

“그건, 남자라서…….”

잘 먹고 잘 움직인다.

응, 남자다.

“일단 유우카한테 보내볼게.”

“유우카…… 아아, 마츠토모 선배의.”

“맞아 맞아, 여동생. 작고 귀여워.”

“얼마나 작은 건가요.”

“그 질문은 예상 밖인데…….”

그러고 보니 어떨까. 나도 어느 쪽이냐 하면 작은 편이지만, 유우카는 이마가 내 눈높이 정도였던 것 같은 느낌이 든다. 지금 눈앞에 있는 키란은…….

“……자, 유우카의 답이 올 때까지 텐트로 돌아갈까.”

“저기, 그래서 어느 정도로…….”

“모두를 기다리게 했으니까.”

“미오 씨?”

“……어라?”

스마트폰을 집어넣으려는데, 위화감. 전원 버튼을 아직 누르지 않았는데 화면이 어두웠다.

“왜 그러세요?”

"스마트폰의 전원이 안 들어와…… 충전했는데."
"고장 난 걸까요."
그건 곤란하다. 사진을 찍으려고 왔는데 아직 인형밖에 못 찍었다.
"어떡하지……."

"기운 내세요, 미오 씨. 자, 이거 다 익었어요."
"맛있어…… 고기 맛있어…… 옥수수 맛있어……."
기념품 가게에서 돌아온 미오 씨에 의하면, 갑자기 스마트폰이 작동하지 않게 되어 사진을 찍을 수 없게 되었다고 한다. 쇠꼬챙이에 꽂은 고기와 채소를 느릿느릿 먹는데 상당히 주눅 들어 있다는 것이 둥글게 굽은 등에서 전해져 왔다.
츠치야와 무라사키도 신경을 쓴 건지 약간 거리를 두는 것 같았다.
"그거 아냐, 무라사키."
"뭘 말인가요?"
"숯불을 피울 때는 불끄렁지로 신문지를 쓸 수 있는디."
"비틀어서 넣죠."
"의욕이 넘쳐서 겁나게 비틀어불면 어떻게 될 거라 생각하냐?"
"……압축되어서 나무로 돌아간다?"

"안에 있는 공기가 열에 파열돼서 겁나 아퍼."
"그렇군요."
연습으로 몸소 알아내고 손에 반창고를 한 장 붙인 츠치야가 어째서인지 자랑스럽게 이야기하고 있었다. 미오 씨는 그런 둘을 곁눈질로 보면서 옥수수 알갱이를 하나하나 집어먹고 있었다.
"다 생각하기 나름이에요, 미오 씨."
"어, 뭐가?"
"스마트폰이 고장 난 거요."
"사진을 찍는다고 정신이 팔려서 같이 온 사람과의 대화가 소홀해지거나, 스마트폰을 조작하면서 걷다가 사고가 날 위험성이 높아지거나, 모처럼의 추억이 희미해지거나 할 가능성을 없앴다는 의미로?"
"현실을 받아들이려고 그렇게 자신을 타일렀군요. 알아요."
매우 진지한 얼굴로 차근차근 말하는 걸 보니 생각의 깊이를 엿볼 수 있었다.
"어떻게 아는 거야……?"
"긍정적으로 부정적이라서 훌륭하다고 생각해요."
"고마워. 그럼, 왜?"
곤란하다.
솔직히 난 미오 씨가 한 말을 하려고 했다. 실질적인 문제는 그런 위로 같은 말을 해도 별 도리가 없을 것이다. 그렇다면.
"스마트폰이 고장 난 덕분에 저주를 피한 걸지도 몰라요."

"저주라니?"

"유우카한테 들었는데, 저주 인형을 촬영했다고 해서. 그런 심령현상은 사진에 담기만 해도 위험하다고 하니까 스마트폰이 고장 난 걸로 그걸 회피한 걸지도 몰라요."

"난, 저주 인형 같은 거 안 찍었어……."

"네?"

"어?"

얼굴을 마주 보고 고개를 갸웃했다.

유우카한테 들은 이야기와 다르다. 캠프에 왔다는 메시지와 함께 저주 인형의 사진이 보내졌을 것이다. 불길한 빨간 인형 사진은 전송받았으니 틀림없다.

"기념품 가게의 인형이 귀여운 계열인가 예쁜 계열인가로 키란이랑 논쟁하게 돼서."

"이지선다인가요."

"유우카한테도 어느 쪽인지 물어보려고 보냈어."

"……이 인형이죠?"

"맞아, 그거야."

유우카한테 받은 사진은 어떻게 봐도 저주 인형인데. 미오 씨와 무라사키의 기준으로는 적어도 무서운 것보다 예쁜가 귀여운가가 먼저인 듯하다. 일본 인형은 보는 사람에 따라 받는 느낌이 다르니 그런 경우도 있을지도 모른다.

"……사진이라면 제 스마트폰, 쓸래요?"

"괜찮아?!"

미오 씨에게 미소가 돌아와 다행이다. 그게 전부다.

아무런 무서운 일도 없이 카메라도 확보했으니, 아무튼 캠핑다운 일을 하자. 그런 발상으로 우리는 배드민턴을 해보기도 하고.

"갑니다, 언니!"

"그래, 오렴!!"

"핫! …… 핫! ……핫!!"

"그거 아냐, 무라사키~."

"뭔가요, 츠치야 선배."

"셔틀콕을 라켓 위에 얹어서 휘두르면 서브부터 헛스윙은 안 해야."

"괜찮아요. 다음엔 맞출 거예요."

핫 샌드위치를 만들어보기도 하고.

"자, 전원 집합."

"그래."

"오우."

"네."

"전 말했어요. 기본적인 조리기구류는 준비할 테니까 추가로 원하는 게 있으면 각자 가져오라고."

"말했지."

"그래서, 왜 핫 샌드위치 메이커가 네 개 모이는 거냐!!"

"하고 싶었응께."

"죄송해요, 하고 싶어서."

"츠치야랑 무라사키는 백번 양보해서 사고라고 쳐도, 왜 같이 준비한 미오 씨까지 추가 구매를……."

"하고 싶어서……."

어쩐지 짐이 말도 안 되게 무거웠던 원인이 풀 메탈 핫 샌드위치 메이커 네 개 때문이었다는 것이 판명됐을 때 밤이 왔다.

캠프 하는 날 밤이라고 하면 역시 커피나 코코아에 구운 마시멜로다. 꼬챙이에 꽂은 마시멜로를 굽던 미오 씨가 갑자기 날 봤다.

"마츠토모 씨, 엄청난 걸 알아차렸어."

"뭔가요, 미오 씨."

"배드민턴을 한 뒤 정도부터 그냥 재밌어서 사진을 안 찍고 있었어."

"아!"

확실히 카메라로 사진을 찍으려는 모습이 기억에 없다는 걸 깨닫고 머리를 싸매면서, 나는 판초코를 건넸다. 이번 마시멜로 구이는 판초코 사이에 끼우는 아메리칸 스타일. 미오 씨는 저질렀다는 거북함 속에서 칼로리의 자본주의를 구축해 나갔다.

"그, 그래도 그만큼 즐겼으니 잘 됐다고 생각하죠. 미래의 얼굴도 모르는 친구도 소중하지만, 지금도 소중하니까요."

"그거, 내가 아까 한 말 아니야……?"

"일단 마시멜로를 굽는 걸 찍을까요. 자, 스마트폰이요."

"아, 응."

자기가 찍히도록 사진을 찍을 모양이다. 카메라를 셀프 모드로 바꾸고 절묘하게 각도를 조정하고 있다.

"마츠토모 씨도, 좀 더 이쪽으로."

"네 네."

미오 씨에게 팔을 끌려 어깨를 가까이 댔다. 가을 산에서 흘러 들어오는 낙엽과 풀바람에 미오 씨의 향기가 살짝 섞였다.

"……처음일지도."

"뭐가요?"

"셀카로 자기 이외의 사람이 들어와 있는 거. 그것도 세 명."

"분명 앞으로 더 늘 거예요. 미오 씨라면 빈스타도 금방 능숙해져서 친구쯤은 얼마든지 생길 거예요."

"그러려나."

"그럴 거예요."

"……그럼."

미오 씨가 카메라의 각도를 조금 아래로.

"첫 장은 둘이서 찍자."

자연스럽게. 지극히 자연스럽게 그런 말을 들어 조금 당황했다.

하지만 미오 씨 안에서는 내가 약간 이상으로 특별한 존재라는, 그런 말을 들은 듯한 기분이 드는 건 나쁘지 않았다.

"알았어요. 마시멜로도 같이 찍을까요?"

"반응은 좋겠지만, 이건 빈스타에는 안 올릴 거야~."

"그런가요."

"응."

손 떨림 방지 셀프타이머는 3초.

2초.

1초.

"자, 치즈."

셔터 소리는 났을 터인데, 어느 한쪽의 고동 소리 때문에 잘 안 들렸다.

◆◆◆

'오빠, 저주받았네.'

"뭐야, 갑자기."

'사오토메 씨의 사진이 이상헌디.'

"으응?"

캠핑에서 돌아온 뒤의 월요일. 동생에게서 걸려온 전화를 받은 나는 처음부터 그런 말을 들어 반사적으로 되물었다.

"인형 얘기라면 미오 씨가 설명했잖아. 그건 미오 씨가 봤을 때 예쁜 인형 사진을 보낸 거였어."

이해나 공감은 아직도 안 되지만. 그 인형은 거실……에 두는 건 무서웠으니, 미오 씨에게 부탁해 미오 씨의 침실에 장식해뒀다.

'그쪽이 아니라 빈스타에 올린 거 말이여.'

"어느 거?"

'밤에 다 같이 마시멜로 굽는 거.'

"아아, 그건가."

나랑 같이 찍은 것과는 별개로 미오 씨는 네 명이 같이 찍은 사진을 빈스타에 올렸다. 인터넷 문화에 관심이 있는 두 사람이 자신들도 들어간 사진을 올리는 걸 흔쾌히 허락해준 걸 보면 미오 씨에 대한 신뢰를 엿볼 수 있다.

"보통 사진이잖아? 저주받았다는 건 무슨 뜻이야."

'그 사진 오른쪽 위에…….'

'딩~동'

유우카가 뭔가 말하려던 순간에 인터폰이 울렸다. 시간을 보면 이 집의 주인이 귀환했을 것이다.

"미안, 미오 씨가 돌아왔으니까 다음에 하자."

'잠깐, 오빠, 진짜로 조심해…….'

유우카와의 통화를 끊고 현관으로 향했다. 동생에게는 미안하지만 일이니까 어쩔 수 없다. 그보다 빨리 문을 열지 않으면 '오늘이야말로 아무도 없는 게 아닐까' 하는 불안감에 휩싸인 미오 씨가 네거티브 사고에 빠지니 뒤끝이 영 좋지 않다.

"읏, 차."

손을 뻗어 잠금장치를 푸니, 문을 살짝 열고 미오 씨가 안쪽을 들여다보듯이…….

"마츠토모 씨, 마츠토모 씨!"

"어서 오세…… 가까워요, 화면이 가까워요, 미오 씨."

빠르다. 강하다. 움직임이 빨라 기세가 강하다. 평소의 느낌과는 상당히 달랐다.

스마트폰 화면을 들이대는 미오 씨를 들어서 살짝 뒤에 두고, 다시 화면을 보니 빈스타그램의 마이페이지가 나와 있었다. 아까 유우카가 언급했던 바로 그 사진이다.

그 아래에 표시된 숫자가 뭔가 이상했다.

"좋아요 수…… 3만?!"

"반응 터졌어! 바이럴 마케팅!"

"마케팅인가요. 뭘 팔았나요, 미오 씨."

"반응 터졌어!!"

반응이 폭발적이었다. 넷이서 불을 둘러싸고 찍은 사진이 상당히 폭발적인 반응을 얻고 있었다. 빈스타에서 다른 SNS로도 전파되어 계속 퍼지고 있는 모양이다.

인생 첫 폭발적인 반응이 어지간히도 기쁜지, 미오 씨는 참새를 잡은 고양이처럼 뿅뿅 뛰고 있었다.

"그건 축하할 일인데요……. 그렇게 반응이 터질 요소가 있었나요?"

"재밌어 보이니까?"

"그래도 일반인이 캠프를 할 뿐인 사진이 그렇게까지 화제가 될까요? 뭐가 좋았다는 말은 들었나요?"

"일이 바빠서 댓글은 아직 못 봤어."

스마트폰을 조작하여 열람자에게서 온 메시지를 표시했다. 그런대로 와있었는데, 내용은 대체로 똑같았다.

"'처음 봤다', '위험해', '죽음', '구제'. 뭐야 이거."

"'오른쪽 위의 어두운 곳'……?"

화면의 밝기를 올려달라 하고 지적당한 부분을 유심히 봤다. 단순한 암흑인 줄 알았는데, 잘 보니 확실히 뭔가 붉은 것이 찍혀 있었다.

"이건."

"인형이죠. 미오 씨가 사 온 인형. 이게 찍혀서 심령사진이라 여겨진 걸까요."

심령사진.

심령현상 붐이 일어났던 예전의 위세는 잃어버렸지만, 지금도 이목을 끄는 하나의 큰 장르다. 누가 봐도 문외한이 찍은 사진이라는 점이 오히려 좋게 작용한 것도 있을 것이다.

"사람들이 착각하는 건 예상 밖이었지만, 인기를 끈 건 운이 좋았네요. 이걸 계기로 팔로워도 늘릴 수 있지 않을까요?"

"마츠토모 씨."

"왜 죽을상을 하고 있나요, 미오 씨."

"이 인형, 캠프장에서는 가방에서 한 번도 안 꺼냈어."

"사고 나서 한 번도?"

"한 번도."

"그럼 무라사키가 꺼냈다거나…… 아니, 다른 사람의 가방을 멋대로 열거나 하지는 않나."

"안 할 거야."

"그보다 이거, 공중에 떠있어……."

발판 같은 것이 없는 한, 이런 곳에서 인형이 찍히도록 할 수 있을 리도 없다. 미오 씨가 일부러 이렇게 공 든 편집을 했다는 걸 숨기고 있다고 볼 수도 없다.

즉.

"미오 씨."

"응."

"지우죠."

"계정째로 말소하자."

미오 씨는 강한 의지를 품은 눈으로 조용히 끄덕였다. 일단 이 일은 잊기로 하고, 이걸로 미오 씨의 친구 만들기 계획은 다시 시작점으로 돌아가게 되었다.

"안타깝게 됐네요."

"아냐, 역시 SNS에만 의지하는 건 안 된다고 생각해. 친구는 얼굴을 볼 수 있는 방법으로 찾을 거야."

"미오 씨……!"

유우카의 영향일까, 아니면 계란말이 건으로 '자신의 행복을 위해 최선을 다 해도 된다'는 마음이 싹텄기 때문일까, 아니면 둘 다일까. 그건 모르겠지만, 분명 좋은 일이라는 것은 틀림없다.

"조만간 열심히 할 거니까!"

"……조만간?"

"오늘의 된장국은 뭐야~?"

"유자 풍미의 두부가 들어갔는데요, 미오 씨."

"옷 갈아입고 올게~."

"조만간이라는 게 언제인가요, 미오 씨."

앞으로 갈 길이 조금 멀지도 모른다고 생각하면서 나는 침실의 옷장으로 향하는 미오 씨를 지켜봤다.

"뭐, 그것도 괜찮으려나."

된장국을 데워서 상을 차려야 한다.

부엌에서 할 일의 순서를 다 정하고 욕실 앞을 지났다. 이 미닫이문 너머에서 두 사람이 어린아이처럼 서로 장난치던 아주 짧은 시간이 미오 씨에게 있어서도 유우카에게 있어서도 어떤 큰 한 걸음을 내딛는 계기가 되지 않았나 하는, 어울리지 않는 생각을 하면서.

후기

우선 이 책을 사주신 데 대한 감사 인사를 올립니다. 저자 키와도이 쇼리입니다. 쓰기는 '黄波戸井 ショウリ'라고 씁니다. 아슬아슬한 승리, 라는 뜻의 말장난입니다.

1권이 자숙기간이라 서점이 휴업하는 시기에 발매되어 '가게가 닫혔는데 파는 책'이라는 이야깃거리로 만든 지 벌써 반년. 여러분 덕분에 2권을 낼 수 있을 정도의 매출을 달성하여 이렇게 다시 만나게 되었습니다. 노지 타카니치 선생님의 만화판도 호평을 받는 것 같으니 뭐라 감사의 말씀을 드려야 할지 모르겠습니다.

자, 인생이란 각본 없는 드라마입니다. 이 시리즈 출판이 결정된 뒤부터 인생 계획이 통째로 날아가 버린 제가 말하는 거니까 틀림없습니다만, (1권 후기 참조) 그런 긍정적인 변화뿐만 아니라 부정적인 변화도 언제 일어날지 모르는 것이 인생입니다. 본작의 모항이기도 한 '소설가가 되자'에도 트럭에 치인 주인공이 수두룩하게 있고, 내일 제가 그렇게 될 가능성은 결코 제로가 아닙니다.

'그렇게 됐다고 쳐도, 인터넷상의 친구에게 자신의 소식을 알릴 수단이 없다.'

그렇게 생각한 키와도이. 지금은 업무 관계자도 인터넷상의 지인에 들어가니 많은 폐를 끼치게 되겠죠. 그런 때를 위해 저의 인터넷상에서의 활동 범위를 대략적으로 파악하고 여차할 때 연락을 돌려줄 그런 가족이 필요합니다.

여러 생각을 한 끝에, 전 여동생에게 그 일을 부탁하기로 했습니다.

그 여동생이 바로 2권의 키 캐릭터인 마츠토모 유우카의 베이스가 된 인물입니다. 성격과 환경 일부에 더해, 겉모습에서도 유우카의 키는 동생의 17세 당시의 키를 그대로 쓰기도 했습니다.

참고로 동생이 말이야, 나랑 거의 같은 유전자로 구성돼있다는 생각이 안 들 정도로 인싸라서 말이지. 고등학교 때는 운동부 주장과 사귀었는데 질투한 여자 그룹에게 머리채를 잡혀서 질질 끌려다닌 모양이야. 여자의 사회는 무섭구나.

이야기가 옆길로 샜는데 무슨 말이 하고 싶냐 하면, 동생에게 출판했다는 사실을 알려준 뒤에 동생이 베이스가 되는 캐릭터를 내버렸으니, 만약 이 2권을 읽기라도 하면 큰일이라는 이야기였습니다. 보고 있냐, 동생아. 오빠는 2권을 냈다고. 다음에 또 비싼 후르츠 타르트를 사줄게. 텐진에서 파는 한 조각에 1,500엔 하는 걸로. 용서해줘.

이런 걸 쓸 수 있는 것도 1권에서 응원해주신 여러분 덕분입니다. 3권에서 또 만나기를 바라면서 연구를 계속하도록 하겠습니다.

마지막으로 감상 기다리고 있습니다! 가능하면 편지로 다다음 페이지에 적힌 주소로 보내주세요!!

1권에서 팬레터를 보내주신 사이타마의 A씨와 야마나시의 K

씨에게는 이 자리를 빌려 감사 인사 올립니다. 정말 감사합니다!!

키와도이 쇼리

월 500을 받아도 사는 보람이 없는 옆집 누나에게 300에 고용돼서 '어서 와'라고 말하는 일이 즐겁다 2

2021년 03월 15일 1판 1쇄 발행

저　　자 키와도이 쇼리
일러스트 아사히나 히카게
옮 긴 이 박정철
발 행 인 유재옥
본 부 장 조병권
편 집 1 팀 이준환
편 집 2 팀 김민지 정영길 조찬희
편 집 3 팀 김혜주 곽혜민 오준영
편 집 4 팀 성명신
라이츠담당 김슬비 한주원
디 지 털 박상섭 이성호 최서윤
발 행 처 ㈜소미미디어
인쇄제작처 코리아피엔피
등　　록 제2015-000008호
주　　소 서울시 마포구 토정로222, 403호 (신수동, 한국출판콘텐츠센터)
판　　매 ㈜소미미디어
마 케 팅 이주희 한민지
전　　화 편집부 (070)4164-3962, 3963 기획실 (02)567-3388
판매 및 마케팅 (070)4165-6888, Fax (02)322-7665

ISBN 979-11-6611-502-8
ISBN 979-11-6611-317-8 (세트)